JN202499

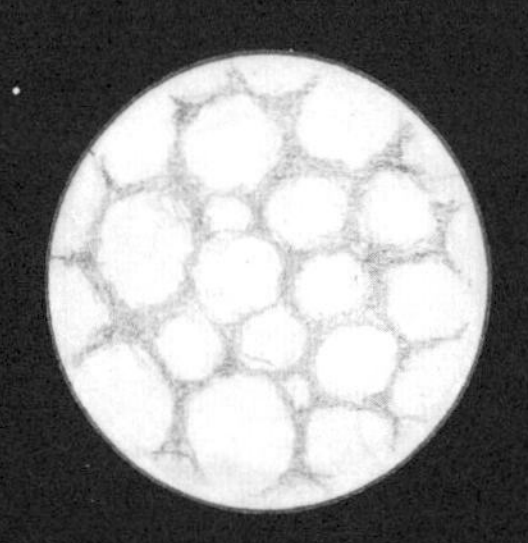

スペース合宿へようこそ

山田亜友美・作
末崎茂樹　・絵

もくじ

1　青い封筒(ふうとう)

セミの鳴き声があちこちからひびきわたると、美織(みおり)は大きなため息をついた。

ただでさえ暑いのに……セミの声を聞いたら、さらに暑く感じるのは気のせい？

そんなことを思いながら、美織はフラフラと歩き続ける。両腕(りょううで)がしびれてきたので、グッと力を入れて荷物を持ち上げた。

「お、重い……」

右手には習字道具、絵の具セット、うわばきの入ったきんちゃく袋(ぶくろ)。左手には、一学期中に書いた習字や図画工作の作品が入った大きなエコバッグをかかえていた。太陽にじりじりと照りつけられた地面をふみしめ、美織はうんざりした。

もっと早く、持って帰るつもりだったんだけどな……。

毎年同じことを思いながら、結局、一学期最後の日にゴチャゴチャした荷物をたくさんかかえて帰るはめになる。

ショートボブに合わせて軽(かろ)やかにカットした前髪(まえがみ)が、美織の目の前でゆれた。顔にも背中(せなか)にも汗(あせ)がドッと流れ落ちるのを感じていた。水玉模様(みずたまもよう)がプリントされた美織のお気に入りTシャツと、デニムパンツも汗びっしょりだった。

　焼けつくような暑さの中、気が遠くなるほど長い坂道をのぼっていくと、ようやく美織の家が見えてきた。美織は家の玄関先にある小さな石段に腰かけ、ドサッと荷物をそばへ置き、背負っていた水色のランドセルを下ろした。エコバッグの中から水筒を取りだし、一気にお茶を飲みほしていく。

「はぁ……生き返った。このくらいでバテるなんて……五年生にもなると、もう若くないって感じるわ。ええと……鍵はどこに入れたっけ？」

　美織はパンツのポケットやエコバッグの中を探しながら、ふと顔を上げる。すると、目の前のポストの中に、あざやかな青色の封筒が入っていることに気がついた。ポストに手をのばし、早速その封筒を引きぬいた。

　天川　美織様

　青い封筒は、美織あてのものだった。少しワクワクした気持ちになって、美織は急いで封筒を開け、中に入っている手紙を広げた。

夏休み特別企画　第三十回スペース合宿のご案内

このたびは『スペース合宿』にご応募いただき、まことにありがとうございました。

今年もたくさんの応募が集まり、その中から抽選の結果、あなた様がみごと当選されましたので、合宿のご案内をさせていただきます。


最初の文面を何度も読み返しながら、美織は大きく目を見開いた。

「やった！　やったわ！　ついに……ついに、このときが来たのよ！」

美織は手紙をにぎりしめたまま、うれしくて飛び上がった。

スペース合宿とは、美織の住む町にある宇宙科学館が、毎年夏休みに企画している一大イベントだった。小学生を対象としたこの合宿では、応募してきた仲間とともに、宇宙科学館に泊まりながら自由研究を行うことができる。科学にくわしいアシスタントの先生がついて、本格的な自由研究に取り組めるのだ。そのため、親や子どもたちの間で超人気の合宿となっている。

ただし、スペース合宿に参加できる人数はとても少ないため、毎年きびしい抽選が行われる。応募が殺到する中、この抽選に当たる確率は、宝くじに当たるようなものだった。美織は一年生のときから応募を続け、五年目にしてようやく当選したのだ。

「なんてラッキーなの！　ママが帰ってきたら、すぐに報告しなくちゃ！」

素敵な夏休みが始まる――そんな予感が、さっきまでのつかれを一気にふき飛ばした。

青い封筒が届いてからというもの、美織の時間はまるで早送りしたかのように、あっという間に過ぎていった。

スペース合宿へ行く当日は、朝から美織のママのかん高い声がひびきわたっていた。

「歯みがきセットを忘れてるわよ。それからタオルも！　旅館に泊まりに行くわけじゃないんだから、全部持っていかないとダメじゃない！」

ママに前もって準備しておくように言われていたのだが、美織はスペース合宿について、あれこれと想像をふくらませることに夢中で、当日の朝になってようやく荷物の準備ができたのだ。

「まったく、そういうところ……美織はパパにそっくりなんだから！　マイペースもほどほどにして、もっとしっかりしてちょうだい」

これがママの口ぐせだった。しかし美織はというと、そう言われるのが嫌いではなかった。自分の中にパパがいてくれるような気がするからだ。

荷物の入ったリュックを背負い、美織は小さな仏壇に向かった。三年前、病気で亡くなったパパに、行ってきますを言うためだ。手を合わせて目をつむり、美織は心の中でパパに話しかける。

パパ……私も絶対、パパみたいにりっぱな天文学者になるからね。そして、パパが働いていた天文台で、私も働くんだ。今年は念願のスペース合宿に参加するの。きっと宇宙のことやおもしろいことが、いっぱい勉強できると思うから応援してね。それでは、合宿に行ってきます！

美織は気合いを入れてサッと立ち上がり、玄関へ向かった。

ママといっしょにバス停で待っていると、『宇宙科学館前』と表示されたバスが到着した。いつもならママの車で送ってもらうのだが、今日に限ってママの出張と重なってしまい、美織はしかたなくバスで行くことになった。

ふだん乗り慣れないバスに乗りこみ、美織は少し緊張していた。ママもめずらしく不安そうな顔をしながら、美織に手をふっている。パパの分もがんばっているママは、いつも強気でテキパキしている。けれど時々、ママの心配そうな顔を見ると、美織は自分の不安をかくして元気にふるまっていた。

「ママ、心配なんてしなくていいからね！　ちゃんと連絡するから大丈夫。それじゃ、行ってきます！」

美織が満面の笑みで言い終わるのと同時に、バスの扉が閉まった。

美織は一番後ろの広いシートに腰かけるとふり返り、ママが見えなくなるまで手をふっていた。

バスは坂をくだり、せまい住宅街をぬけて大きな通りに出た。朝は少し渋滞しているらしく、道路には車がひしめき合っている。しばらくして交差点を曲がると、バスはスムーズに進み始め、バス停で停車するたびにお客さんが次々と乗ってきた。いつの間にか、車内はお客さんで満員になった。

ひざの上にのせたリュックをかかえ、美織は窓の外をながめた。見慣れた景色が、どんどん後ろへ流れていく。

どんな合宿になるんだろう？　新しい友達ができるかな？　自由研究って、どんなことをするんだろう？　パパみたいに、宇宙好きの先生がたくさんいるのかな……？

美織は期待と不安で胸がいっぱいになった。そして、ぼんやりと――まるで霧の中をさまようように、うっすらとした記憶をたどり、パパと過ごした日々を思いだそうとしていた。

確か私、パパの天体望遠鏡を勝手にさわってこわしちゃったよね。まだ一年生だったから、使い方がよくわからなくて……望遠鏡のネジをグルグル回していたら、レンズが床に落ちてしまって……でも、パパは怒らなかった。

美織は、パパと過ごした日々を忘れないようにしたいと願っていた。けれど、必死に思いだそうとすればするほど、パパとの記憶は真っ白な霧におおわれて見えなくなっていく。最近、そう感じることが多くなった。それが、とてもさびしかった。

パパの夢の続きは、私がかなえるんだ！　天文台で働いて、パパが見たかった宇宙を――私が見る。私が、パパのかわりに！

さびしさをまぎらわすように、美織は自分に言い聞かせていた。宇宙の勉強を続けていれば、きっとパパに会える――そう信じこむように。

「次は、宇宙科学館前――宇宙科学館前です」

バスのアナウンスが流れ、美織(みおり)はハッとわれに返った。あわててリュックを背負(せお)い、ゆらゆらとゆれながら、バスの出口へと歩きだす。扉(とびら)が勢(いきお)いよく開くと、美織はゆっくりとバスをおりていった。

2 宇宙科学館

美織がレンガ造りの階段をのぼり始めると、青いドーム型の屋根をしたプラネタリウムと大きなガラス張りの建物が見えてきた。建物の横には、中央に噴水がある小さな池が造られている。キラキラと輝く噴水の水がガラス窓に映りこんで、とてもきれいだった。ここが、宇宙科学館だ。

ここに来るのは久しぶりだな。パパによく連れてきてもらったっけ……ひとりだと、なんだか緊張する……。

宇宙科学館の入口にある受付にたどり着き、美織は深呼吸してから職員の女性に話しかけた。

「あの……私、スペース合宿に参加させていただく、天川美織と言います」

受付の女性は美織にニッコリほほえみかけ、手元の名簿を確認した。

「天川美織さんね。このたびはスペース合宿にご参加いただき、ありがとうございます。素敵な合宿になるよう、がんばってくださいね。では、天川さんはEグループなので、あちらのロビーにある長いすに座って待っていてください」

女性は、美織に宇宙科学館のパンフレットと合宿の日程表を手わたした。

美織は軽くうなずき、パンフレットと日程表を持ってロビーへと向かう。

ロビーにはたくさんの長いすが置かれ、ＡからＪまで順番に看板が立てられていた。Ｅグループの長いすは、一番後ろの列だ。そこには、すでに一人の女の子が日程表を見ながら座っていた。

「となりに……座ってもいいかな？」

美織が声をかけると、その子はパッと顔を上げた。肩までのばした髪をゆらし、黒くて大きな瞳が美織を見つめている。緊張しているのか、ほほがほんのり赤くなっていた。

「あ、えっと……ど、どうぞ」

照れ笑いをうかべ、女の子は美織が座れるように少し横へ移動した。

「同じＥグループの人だよね？　私、天川美織っていうの。よろしくね！」

美織が元気にあいさつすると、女の子はうれしそうにほほえんだ。

「私は……小野田由衣と言います。ど、どうぞよろしくお願いします」

由衣は、ていねいにおじぎした。とてもまじめな子のようだ。

「そんな風に敬語で話す必要なんてないよ。美織ってよんでくれたらいいから。気を使わないで！」

美織はとびきりの笑顔を見せる。それを見て、由衣は安心したようにうなずいた。

しばらく二人で話しているうちに、美織と由衣はすっかり打ち解けることができた。初めのうち、由衣は人見知りする感じだったが、慣れてくると、とても話しやすい子だった。宇宙が大好きで、美織にあれこれと楽しい話を聞かせてくれるのだ。

この子なら良い友達になれそう……美織も心底安心していた。

「おっ！　久しぶり。美織も参加してたのか？　よく当選したな！」

そこへ突然、聞き覚えのある声が聞こえてくる。美織がふり向くと、見慣れた顔が目に飛びこんできた。

「えっ？　岳？　なんであんたが、こんなところに……？」

美織はおどろいて立ち上がった。

「なんでって、スペース合宿に参加するために決まってるだろ？　俺もEグループだから、よろしくな！」

岳はドカッと荷物を下ろし、美織の横に座った。

山脇岳は、美織の幼なじみだった。保育園から今までずっと同じクラスで過ごしてきた、くされ縁的な存在なのだ。さすがにいつも顔を合わすのでうんざりして、最近は話をすることさえなくなっていた。だから、岳が声をかけてくるなんて本当に久しぶりだった。

「まさか、あんたもスペース合宿に当選するなんて……しかも、よりによってEグループとはね。やっぱり、くされ縁だわ」

「なんだよ？　なんか文句あるのか？」

「別に、そういうわけじゃないけど……」

そう言いながら、美織は岳との会話がなつかしいと感じていた。

岳は両親が二人とも教師をしており、とても教育熱心な家庭で育っている。そして、両親の期待に応えるように、岳は勉強ができてスポーツも万能。おまけに背が高く、顔も悪くない。クラスの女子には、とても人気があるようだ。

でも美織は、それを素直に認めたくなかった。

両親に期待されて、そのうえ勉強もスポーツもできるなんて、できすぎている。

ずっといっしょにいたために、美織はつい自分と比べてしまうのだった。

岳にだけは負けたくない……ひそかに、そう思うようになっていた。

後ろからトントンと背中をつつかれて、美織はハッとして由衣の方をふり返った。由衣は、その人はだれ？　という顔をしている。

E
D
C

「あ……ごめん、ごめん。この人は、山脇岳。私の幼なじみなの。岳！　同じEグループの小野田由衣ちゃんよ。ちゃんと、あいさつして」

美織に言われ、岳と由衣は、おたがいに自己紹介して軽く頭を下げた。気がつけば、周りにもワイワイと各グループの輪ができている。

「えー、それでは、みなさん。全員がそろったようですので、ここで、宇宙科学館の館長である私、河口から、ごあいさつをさせていただきます」

紺色のスーツを着た体格の良いおじさんが、マイクを持って現れた。

ザワザワとしたおしゃべりがやみ、美織たちは河口館長に注目した。

「みなさん、宇宙科学館へようこそ！　そして、このたびは、スペース合宿にご参加いただき、まことにありがとうございます。スペース合宿も早いもので、今年で三十回目をむかえました。こんなに長くこの合宿を続けてこられたのは、みなさんが、今までずっと宇宙に関心を持ち続けてくれたからだと思います。そして今日、ここにいるみなさんは、その思いがだれよりも強いのだと感じています。そうでなかったら、抽選に当たるような強運をつかめませんからね！　みなさんが引きよせたチャンスを生かし、思いっきり楽しんで、それぞれのスペース合宿を成功させてください。そして、みなさんの中から未来のノーベル賞受賞者が生まれることを心から願っています。それでは、各グループにつくアシスタントの先生の言うことをしっかり聞いて、指示にしたがってください。素晴らしい研究ができることを期待していますよ」

河口館長のあいさつが終わり、それぞれのグループにアシスタントの先生たちが移動し始めた。

どんな先生なんだろう？　やさしい先生だったらいいな……。

美織はワクワクしながら、白衣を着た先生たちを目で追っていた。

となりのＤグループには、『中野』という名札をつけた女の先生がやってきて、笑顔であいさつしている。すらりとしたスタイルに、長くきれいな髪を一つに束ねた、かなりの美人だった。美織はあこがれのまなざしで、Ｄグループの様子をながめている。すると、ひときわ大きな声が、美織の後ろから聞こえてきた。

「やぁ、みなさん！　はじめまして。僕がＥグループのアシスタントを担当する、黒星です！」

声のする方をふり返ると、そこには若くてひょろりと背の高い男の先生が立っていた。

髪はもじゃもじゃで、黒ぶちメガネをかけている。白衣の下はＴシャツに、ちょっと丈が足りていない短めのズボン、足元には黒地に白の水玉模様が入ったくつ下が見えていた。お世辞にも、センスが良いとは言いがたい格好だ。そして、メガネの奥からは少し青みがかったするどい瞳が、Ｅグループのメンバーを見つめていた。

「なんだい、君たち？　返事もなしか？　そんなテンションじゃ、これから広大な宇宙を研究し続けているクールな僕についてこれないぞ！」

異常にテンションの高い黒星先生は、美織たちに向かってニカッと笑った。

Ｅグループのメンバーは、意表をつかれた顔をしながら黒星先生を見上げていた。

「山脇岳、天川美織、小野田由衣、そして僕、黒星の四人がＥグループのメンバーだ。これから一週間、ともに研究する仲間だから仲良くやっていこう！　では早速だが、宇宙科学館の案内をするから僕についてきたまえ！」

黒星先生はくるりと方向を変え、ダンスを踊るように軽やかに歩き始めた。先生だけが、ひとりではりきっているように見える。Ｅグループのメンバーは、あっけにとられながら黒星先生の後に続いた。

宇宙科学館の一番奥にある通路をぬけ、美織たちは足元に常夜灯ランプが薄暗くともった廊下を歩き始めた。そこは、まるで映画館の入口のような雰囲気だ。黒星先生は重そうな分厚い両扉を開け、そのまま中へ入っていく。Ｅグループのメンバーも、急いで後ろからついていった。

「ここが、この宇宙科学館の名物、プラネタリウムだ！　最新のプラネタリウム投影機を導入して、とてもきれいな星空を映しだせる。ここでは、世界中の夜空を見ることができるというわけさ！　そして、何をかくそう……座席もふかふかで寝心地ばつぐん！　でも寝たら……宇宙に取り残されて、現実の世界にもどれなくなってしまうから注意が必要だ」

くるりとふり返り、黒星先生はうれしそうにウインクした。

はぁ……なんだか、ずいぶんと子どもあつかいされてるわね……。

黒星先生のトークにあきれて、美織は軽くため息をついた。

一方、岳と由衣は、わりと楽しそうに黒星先生の話を聞きながらドーム型の天井をながめている。そのまま美織たちは、中央にあるプラネタリウム投影機の周りを一周した。黒星先生がひと通りの説明をし終わると、Ｅグループのメンバーはプラネタリウムを後にし、今度は資料室へと向かった。

「ここには、宇宙に関する様々な資料や本がそろっている。研究中は、きっと毎日ここへ来ることになるだろう。僕なんて、この中の本をはしから順番に全部読み切ったんだ！　内容は覚えてないことが多いけどね……まぁ、とにかくだ！　若いうちに、たくさん本を読むといい」

参考になるのか、ならないのか……よくわからないアドバイスを言いながら、黒星先生が資料室の中へ美織たちを案内する。

資料室の奥には、宇宙や科学の本がびっしり収まった本棚がいくつも置かれていた。本棚の横には、本を読むためのテーブルといすが用意されている。

岳と由衣は、奥にある本棚へ向かい、いろんな本を手に取ってながめていた。

美織は、資料室の入口付近で足を止めた。そこには、日本人でノーベル賞を受賞した人々の写真や、その人たちの研究を紹介するパネルがはられていた。美織はそのパネルを、気が引きしまるような思いで見つめていた。

自分の未来は、どんな風になるんだろう？　私でも——パパみたいな天文学者になれるのかな？

そんな思いをめぐらせながら、美織は壁のパネルに見入っていた。

「美織は、ノーベル賞を取るつもりなのかい？」

気がつけば、となりで黒星先生もパネルをながめている。

「そ、そんなすごいことは考えていません！　ただ……パパみたいな天文学者になればいいなって——そう思ってるだけです……」

美織はもぞもぞと、はずかしそうに下を向いた。

「なるほど……それは素晴らしい！　もちろん、美織はナイスな天文学者になれるとも！　なんと言っても、この僕がついてるからね。ここだけの話……僕は君たちが思っているような、ただの先生じゃないのだよ。とてつもない知識と経験を持っている特別な先生なんだ！　君はＥグループになって、とてもラッキーだったね」

黒星先生は自信満々に言って、美織に笑いかけた。

はぁ……黒星先生に言われると、なんだか――とてつもなく不安になるのは気のせい？

美織は再び、ため息をついた。


資料室を見学し終わると、Ｅグループのメンバーはコンピューター室、実験室、宇宙科学展示室を順番に案内された。案内されている間も、黒星先生のパワフルで早口なトークは延々と続いていた。そのおかしげなトークがツボなのか、岳はすっかり先生と意気投合し、同じくらい早口でしゃべるようになった。黒星先生と岳のコントのような会話を聞きながら、由衣はとなりでクスクスと笑っている。

ダメだわ……岳も由衣ちゃんも、すっかり黒星先生のペースにのせられてるわね。

美織はあきれかえり、腕を組みながら三人を見つめていた。

館内の案内が終わり、Ｅグループのメンバーは池の横にあるガラス張りの廊下を歩いていた。そのまま、『スペースレストラン』と書かれた店内に入っていく。

「さぁ、このレストランは、君たちが毎日食事をする場所だ。空いていれば、好きな場所に座ってもかまわない。この一週間、スペースレストランの食事を楽しんでくれたまえ。ちなみに、ここのオムライスカレーの味は、宇宙一なんだ！」

両手を広げながら黒星先生が言うと、これにはＥグループの全員が笑顔になった。

ここで、みんなと食事できるなんて楽しみ！

美織はレストランを見わたした。大きな窓ガラスからは、噴水のある池が一望できる。池の水に太陽の光が反射して、レストランの中をひときわ明るく照らしていた。レストランの天井は紺色にぬられ、そこには星座がいくつも描かれている。その下には真っ白のテーブルといすがたくさん並んでいた。

「さてと、ちょうど十二時を回ったところだから、そろそろお昼休憩にしよう。あそこのカウンターで、このチケットをわたして好きなメニューを注文すればいい。オススメは、もちろん……太陽をイメージしたオムライスカレーだ！」

黒星先生はニコニコしながら、全員に食事用のチケットを手わたした。

チケットをにぎりしめ、美織たちは一目散にカウンターへ走っていく。カウンター前は、すでに他のグループの子たちでいっぱいだった。

「何を食べようかな？　由衣ちゃんは何にする？」

美織は人だかりの間からメニューを引っ張りだし、それを由衣にさしだした。

「うーん……美織ちゃんは何にするの？」

「私は、ナポリタンのスパゲッティか……あ、でもポテトグラタンもすてがたいよね。それとも、やっぱりハンバーグ？」

メニューとにらめっこしながら、美織はあれこれと迷っていた。

「俺は、もちろんオムライスカレー！　黒星先生のオススメだしな。当然だろ？」

岳は、すっかり黒星先生ファンになっているようだ。

結局、岳はオムライスカレー、美織はポテトグラタン、由衣はハンバーグを注文し、温かい料理をトレーにのせ、噴水がよく見える窓際の席についた。

「あれ？　ところで……黒星先生は、どこ行ったの？」

美織があたりを見わたすと、黒星先生は、大盛りのオムライスカレーがのったトレーをうれしそうに運んでいた。そして、そのまま美織たちが座っている場所とは反対方向へ向かい、美人で髪の長い、中野先生のとなりにちゃっかり座ったのだった。

なるほど……そういうことね。あれじゃ、いくらがんばっても見こみないと思うけど……。

美織はあきれて、またもやため息をついた。

「黒星先生は、おいそがしいようだわ。まぁ、ちょうどいいけど。それにしても、変な先生よね？　黒星先生って。私はDグループの中野先生が良かったな～」

美織は、ポテトグラタンをフォークでつつき始めた。

「なんでだよ？　めちゃくちゃおもしろい先生じゃないか！　俺は、黒星先生で良かったと思ってる」

岳がオムライスカレーをほおばりながら答える。

「本当におもしろい先生だよね。それに……近くで見たら、目がすごく青いの。もしかして、外国人なのかな？」

由衣はていねいにハンバーグを切り分けながら言った。

「確かに動きが……ジェスチャーって言うのかな？　すごくオーバーだよね。でも外国人っていうより、むしろ宇宙人って感じだわ」

美織は後ろをふり返り、黒星先生の動きをチェックした。黒星先生は、大きく腕をふってうれしそうにしゃべりながら、中野先生を笑わせている。なんだか楽しそうだ。

「黒星先生が、外国人でも宇宙人でも関係ないね。それに宇宙人といっしょに自由研究ができるなんて最高だろ？　とにかく、おもしろければ俺はオッケーだ！」

そう言いながら、岳はあっという間にオムライスカレーをたいらげた。

「まともな自由研究になればいいけど……」

ボソリとつぶやき、美織もポテトグラタンを口いっぱいにほおばった。ポテトグラタンでお腹が満たされ、ワクワクする好奇心で心も満たされていく。なんだかんだ言っても、これからどんな毎日を過ごせるのか、とても楽しみにしているのだ。

お昼ご飯を食べ終わった後、美織たちはいったんロビーに集合し、他のグループといっしょに行動することになった。宇宙科学展示室では、大きなモニターで『宇宙の歴史』という番組を見たり、太陽の動きがわかる模型を観察したりしていた。

展示室での学習が終わると、今度は河口館長が、自分で撮った星の写真をたくさん見せて笑っていた。

とてもきれいに写っている。他のグループの子が写真を褒めると、河口館長は照れくさそうに

由衣が言うので、美織と岳は星雲の写真をのぞきこんだ。赤や青に輝く雲のような星々が、

「うわぁ、素敵な写真……」

くれた。

夕方になり、本日最後のイベント——プラネタリウムの観賞をすることになった。美織たちは、はりきってプラネタリウムの中へ入っていく。

「急げ！　あっちに座るぞ」

プラネタリウムに入ったとたん、岳を先頭に美織たちは北側の席を陣取った。ここからなら、星の動きがよく見える南の空を見わたせるからだ。

プラネタリウムの解説員があいさつした後、だんだん太陽がしずみ始め、ドーム型の天井がオレンジ色から紫色へと変わっていく。あたりがすっかり暗くなり、ちらほらと星が輝き始めた。

「きれいだね……」

「うん、ほんとにきれい」

由衣(ゆい)がささやくと、美織(みおり)は座席(ざせき)にもたれながら答えた。

プラネタリウムの解説員(かいせついん)は黒星先生(くろほしせんせい)とちがって、とても落ち着いた雰囲気(ふんいき)の話し方だった。美織はゆったりした気分で解説員の話を聞き、プラネタリウムに映(うつ)しだされた星をながめていた。

やっぱり、夏の夜空は素敵(すてき)。パパが大好きだった夏の夜空……いつの日か、私(わたし)も本物の天の川を、この目で見てみたい。もっともっと、いろんな星を見つけるんだ。

夜空には、星のつぶを輝(かがや)かせてキラキラと天の川が流れている。その美しい天の川を見上げながら、美織は心をときめかせていた。解説員がギリシャ神話の話をすると、星から星へ、つなぎ合わせる線を目で追っていく。時がたつのも忘(わす)れ、美織はすっかり星の世界に引きこまれて夢中(むちゅう)になった。

こうして、スペース合宿初日は、あっという間に過(す)ぎていった。

3　観測室

「明日は朝六時半に起床、七時から朝食で、八時には資料室に集合だ。遅刻するんじゃないぞ。そして今日寝る場所は、ここにそれぞれの場所が書かれているから、その場所で寝ること。いいね？」

黒星先生は美織たちに地図を手わたした。そこには、今いる宇宙科学館の本館から別館へ行く地図と別館の案内図がのっていた。別館には屋上にある天文台の他に、研究室や来客用の部屋がいくつもある。美織と由衣に割り当てられた場所は、別館三階の観測室となっていた。一方、岳の地図には二階にある来客用の和室が示されている。他のグループの男子といっしょになるようだった。

「それから、夜は絶対に別館から出ないこと！　こっそりぬけ出して、本館へ入ろうなんて考えるのは、やめといた方がいいぞ。夜の宇宙科学館はとても恐ろしい場所なんだ。まさにブラックホールのような場所になっている！　まぁ、どのみち……しっかり鍵がかかっているから入れないのだがね」

ニヤリと笑いながら、黒星先生はきびしく忠告した。

はぁ……また子どもみたいなこと言ってる。ブラックホールとか言われても、意味わからないし……でも、入るなって言われたら、よけいに気になるじゃない！

美織は心の中で文句（もんく）を言った。

「では、今日はこれで解散（かいさん）だ！」

黒星先生が言うと、美織たちは地図を持って別館へと歩き始めた。

別館に入り、天井（てんじょう）の高いロビーを見上げた。ここは広々としていて、とても気持ちのいい空間になっている。正面には中央階段（ちゅうおうかいだん）、右手には、らせん階段が見えていた。地図を確認（かくにん）すると、二階の和室へは、らせん階段を使う方が近道だった。

「それじゃ、俺（おれ）はこっちから上がるから。また明日な」

岳は手をふり、軽（かろ）やかに、らせん階段をのぼっていった。

「うん、また明日ね」

美織と由衣は手をふり返し、三階を目指して中央階段をのぼり始める。

三階へたどり着き、二人は細長い廊下（ろうか）を歩きだした。両側には、『研究室』と書かれた扉（とびら）がいくつも並（なら）んでいる。前方に、他のグループの女の子たちが、研究室の中に入っていくのが見えた。美織と由衣は、そのまま廊下をつき進み、つき当たりを右へ曲がる。すると、『観測室』

と書かれた扉を発見した。

「ここだわ……」

美織はドアノブにそっと手をのばし、扉を開けた。

観測室の中はこぢんまりとした小さな空間だった。大きな窓の下に机が設置され、机の上には月の満ち欠け表や星座早見盤、図鑑などの本がたくさん散らばっている。壁一面に春夏秋冬の星座ポスターがはられていて、そばには巨大な地球儀のようなものが置かれていた。それは、美織の背の高さと同じくらいの大きさだった。

「それ、天球儀だね。すごく大きい……」

由衣が目を輝かせて言った。

「天球儀って何？」

美織は、こんなものを見たことがなかった。

「夜空に輝く星座の位置や、太陽の動きを表してるものだよ。プラネタリウムを球体にしたような感じかな？」

「へぇ、そんなものがあるんだ……あれ？　でも、この星座、鏡に映したみたいに反対向きだよ？」

夏の星座
星座

美織は天球儀に描かれている星座をまじまじと見つめた。

「プラネタリウムはふつう、内側から見るでしょ？　それを外側から見たら反対向きになるから、星座は全部、鏡に映したような形で描かれてるんだって」

由衣は生き生きとうれしそうに説明した。

「そうなんだ！　天球儀っておもしろいね」

美織は由衣の話を聞くのが、とても楽しみになっていた。

宇宙に興味がある……なんて言ったら、クラスの女子には少し変わった子だと思われるにちがいない。そんなことを言って、クラスでういてしまったら困るので、美織は周りの子に自分の夢を話したことがなかった。でも、由衣は自分と同じくらい宇宙が大好きなのだ。由衣の存在は、美織をとても勇気づけていた。

由衣ちゃんとは、好きなだけ宇宙の話ができる。

そんな風に思える友達に出会ったのは初めてだった。

「こっちにも部屋があるよ。きっと、ここで寝るんだね」

由衣は、観測室のとなりの部屋から美織に手招きする。

美織が由衣の方へ向かうと、そこには二段ベッドが置かれ、部屋のすみに小さな洗面台が設置されていた。

「すごい！　こんなところに二段ベッドがあるなんて！　ちゃんと洗面台もあるし……あっ、奥にはシャワールームまである！」

美織は自分たちが泊まる部屋をあちこち見て回った。

「きっと……職員の人が、泊まりがけで星の観測をしたりするんだね。こんなところに泊まれるなんて、なんだかワクワクする」

由衣は、美織といっしょにベッドに座りこんだ。

それから美織と由衣は、しばらくいろんな話をした。

由衣は、いとこのお兄さんからもらった図鑑がきっかけで宇宙を好きになったこと、田舎のおばあちゃんの家に行くと、街とは比べものにならないほどたくさんの星が見えることなど、素敵な話をいっぱい聞かせてくれた。

由衣の話を聞きながら、美織もパパから教わった宇宙の話を夢中でしゃべっていた。星座のことや星にまつわる物語が、次から次へと口からあふれだす。

パパ以外の人と、こんなに楽しく宇宙の話ができるなんて……なんだか新鮮！

美織はうれしくてしかたがなかった。由衣は興味しんしんな顔をして、美織の話を聞いてくれる。由衣には遠慮せず、何でも話せる――そう思うだけで心がはずんだ。

しかし、その一方で、どうしても心に引っかかることがあった。美織は、なんとなく――パパが亡くなってしまったことを、由衣には言いだせなかった。

やっぱり……言わない方がいい。

パパの話をすると、せっかくの楽しい雰囲気をこわしてしまうような気がしたのだ。そんな気持ちを由衣にさとられないように、美織はとびきりの笑顔で話し続けた。


こうして話しこんでいるうちに、気がつけば、夜の十一時を過ぎていた。二人は、あわてて寝る準備を始め、洗面台やシャワールームを行ったり来たりしながら、ようやくパジャマに着がえた。けれど、あまりにもワクワクしすぎて、まだぜんぜん眠くない。美織と由衣はパジャマのまま、観測室にある大きな窓から夜空をながめることにした。

三日月が、夜空にうっすらと輝いている。窓から見える月は、まるで額縁の中に描かれた絵のように美しかった。美織と由衣はうっとりしながら、だまって窓の月をながめている。

パパもこんな風に、月をながめていたの？　それとも、もっと素敵な星を見てた？　宇宙には何があるの？　いつか私も、宇宙へ行ってみたいな。

知らず知らずのうちに、美織は心の中でパパに話しかけていた。夜空を見上げるときの、いつものくせだった。いつも、夜空に向かってひとりごとのように問いかけるだけで、返事はこない。でも今は——話しかければ、答えてくれる友達がいる。美織にとっては、おどろくべき変化だった。

ふと気がつくと、下の階から、とてもにぎやかな笑い声が聞こえてくる。きっと、岳(たける)たちがいる和室からだ……美織は耳をすませた。他のグループの男子たちといっしょに、さわいでいるにちがいない。岳たちも楽しくて、なかなか眠れないのだ。

「早く寝ないと、このままじゃ本当に、明日は遅刻(ちこく)しちゃうよね」

美織と由衣はクスクス笑いながら電気を消し、ベッドへ向かうことにした。

美織は小さなはしごをよじ登って、上の段(だん)のベッドに転がった。そして布団(ふとん)を肩(かた)までかぶり、目をつむった。

今、この瞬間(しゅんかん)が夢(ゆめ)ではありませんように……そう願いながら、いつの間にか本物の夢の中へと落ちていった。

4　オリジナル惑星（わくせい）

あくびをしながらスペースレストランに入り、美織（みおり）は朝食用のトレーを持ってカウンターへ進んだ。クロワッサンとフルーツを皿の上にのせ、オレンジジュースをガラスコップにそそいでいく。朝食をのせたトレーを慎重（しんちょう）に運びながら、美織は昨日と同じテーブルへ向かった。

「おはよう」

美織が声をかけると、岳（たける）は眠（ねむ）そうに顔を上げた。

「あ……おはよ〜」

岳も夜遅（おそ）くまで起きていたらしく、まだ半分寝（ね）ているような返事だ。

美織は由衣（ゆい）のとなりに座（すわ）り、クロワッサンを食べ始める。昨日と同じ場所に座ったのは、このテーブルから噴水（ふんすい）がよく見えるからだ。太陽の光が噴水の水にキラキラと反射（はんしゃ）して、とても気持ちのいい朝だった。昨日の昼食とちがって、他のグループの子たちも朝は口数が少なく、レストランの中は意外と静かだった。ただ一人をのぞいては……。

「やぁ、君たち、おはよう！　昨日はよく眠れたかい？　僕（ぼく）はバッチリ八時間睡眠（すいみん）だ。しっかり眠ると、できのいい僕（ぼく）の頭が、さらにさえるからね。今日から、僕といっしょに素晴（すば）らしい研究が始まるから、楽しみにしているといい。では八時に資料室で待っているからね！」

すこぶるハイテンションな黒星先生は、Ｅグループのメンバーに声をかけ、オレンジジュースの入ったコップを両手に持って、そのまま中野先生の方へ行ってしまった。

ある意味、うらやましい人だわ。

美織はポカンと口を開けながら、黒星先生の背中を見つめていた。朝から、あんなに元気に早口でしゃべる人を、今まで見たことがなかったからだ。岳と由衣も同じような反応だった。

私たちにとって最大の研究対象は、黒星先生かもしれない。

美織はそんな風に思った。


八時前になって、Ｅグループのメンバーが資料室へ向かうと、黒星先生はテーブルの上に宇宙の本を山積みにして待っていた。

「さぁ、こっちに座って。今から自由研究のミーティングを始めるぞ」

黒星先生は目を輝かせながら言った。岳がすばやく動いて一番初めに席に着いた。すっかり目が覚めて、いつもの調子が出てきたようだ。美織と由衣も、岳の横に並んで座った。

「よし！　それでは今から、Ｅグループの研究テーマを発表する。それはズバリ……『オリジナル惑星(わくせい)』を作ることだ！」

人差し指をビシッと立てて、黒星先生(くろぼしせんせい)は得意げな顔をする。

「オリジナル惑星？　それって……どういうことですか？」

美織(みおり)は、すかさず質問(しつもん)した。

「言葉の通り、オリジナルの惑星――つまり、君たち自身の惑星を作るってことだよ！　地球のように魅力的(みりょくてき)な惑星とはどんな星なのか？　それを、みんなで想像(そうぞう)しながら考えていくんだ。いいかい？　何かを研究しようと思う者は、とてつもなく想像力が豊(ゆた)かでないとダメだ、と僕(ぼく)は考えている。例えば昔、『地球は丸い』と発見したとき、ほとんどの人が、それを信じることができなかったんだ。なぜなら、自分の目の前に見えている地面は、平たくまっすぐだからね。地球が丸いなんて、だれも想像もつかなかった。でも、『もしかしたら、地球は丸いのかもしれない』と想像して、ちゃんと確(たし)かめた人がいたわけだ。この想像する力――イメージが、とっても大切なのだよ！」

黒星先生は自分の言葉に酔(よ)いしれながら、Ｅグループのメンバーに語りかける。

へぇ……ちゃんと、先生らしいことも言えるのね。

美織は初めて、黒星先生のことを『先生』と認(みと)めることができた。

の生物1
の生物2
の生物3
の生物4
の生物5
の進化Ⅰ
の進化Ⅱ
はなし
太陽
星座1
星座2
星座3
ほしのずかん2
ほしのはなし
宇宙大図鑑
星
木星のなぞ
土星のはなし
生物の進化
ちきゅう1
ちきゅう2
ちきゅう3
ちきゅう4
ちいさな生物1
ちきゅうの
地球大図鑑
月のずかん
月のすべて
火星
いきもの3
宇宙のはじまり
地球のなりたち
ちきゅう
の生物
たち
もの
図
火山
EARTH
山のずかん
日本の火山
生物の
小学生大
大きな
土星
木
海
大海
大宇宙

「オリジナル惑星か！　おもしろそう！　それで、俺たちは何をすればいいんですか？」

「岳、いい質問だ！　今から地球以外の、どんな星に住みたいのか想像力を使って考えてほしい。ここにいろんな本を用意したから、これを参考に、どんな大きさで、どんな色の星なのか？　一日の長さは何時間で、一年は何日あるのか？　それぞれ考えてみよう！　さぁ、始めたまえ！」

黒星先生がパチンと手をたたくと、美織はその場で固まった。いきなり想像しろと言われても困ってしまう。とりあえず、目の前にある図鑑を手に取った。

地球以外の、どんな星に住みたいか？　例えば……月に住みたいとか、そういうこと？

美織は首をかしげながら、図鑑をめくり続ける。地球のとなりにある火星がのったページが目にとまった。火星は地球より小さく、赤茶色の星だ。青い地球と比べると、なんだか暗いイメージがした。前のページには、金星がのっていた。金星は地球と同じくらいの大きさで、黄土色だった。こちらもあまり良いイメージがわかず、住みたい星はなかなか思いつかなかった。

「先生あの、ブラックホールも……星なんですか？　このページにそう書いてあって……」

突然、由衣が不思議そうに図鑑を指さした。それを見て、黒星先生は感心した様子で反応する。

「由衣はなかなか、するどい質問をするね。その通り、ブラックホールも一種の星だと言えるだろう。ただし地球などとはちがって、とてつもなく重たい星が、死んでしまった後にできたものだと考えられている。重たい星が死んで、どんどん縮んで小さくなった星だと想像すればいい。そしてそれはブラックホールとなり、超強力な重力で周りにある星々をすいよせているんだ。まさか！　由衣はブラックホールに住みたいのかい？」

黒星先生は、由衣の顔をのぞきこむ。

「えっ、あ、あの……そういうわけじゃ、ないんですが……ブ、ブラックホールって、黒い穴だと思ってたんです。星だとは思わなくて……」

黒星先生がぐっと近づいてきたので、由衣はおどおどした。

「そうだね。確かに、ブラックホールという英語を日本語になおすと『黒い穴』という意味になる。でも僕は、ブラックホールは『黒い星』なんだと考えている。死んでしまって、目には見えなくなってしまっただけで、黒い星は確かにそこにあるんだ！　そして、何をかくそう……僕は、そのブラックホールからやってきた宇宙人なのだよ。僕の名前は、黒い星と書いて『黒星』だろう？　つまり、ブラックホールという意味だ！」

うれしそうに両手を広げながら、黒星先生が笑顔で言い放った。

どこまでが本当の話で、どこからが冗談なのかわからない！　やっぱり、この人の言うことをまともに聞いていた私がバカだったわ……。

いつものように、美織はため息をついた。

「じゃあ、ブラックホール先生ってよぼう！　いや、ブラック先生でも、いいかな？」

岳は調子にのって、黒星先生と笑いあっている。由衣もとなりで、クスクスと笑っていた。

「ブラック先生、俺はやっぱり大きな海がある星に住みたいんだ。いつでも海水浴ができるようにさ！」

岳がそう言うと、

「私は、植物がたくさん生えている緑豊かな星がいいな」

由衣も自分の意見をしっかり伝えている。

「なるほど、大きな海がある緑豊かな星か……地球に似ていて住みやすそうな星だね。美織は、どんな星に住みたいんだい？」

黒星先生に質問をふられ、美織はしばらく考えたのち、口を開いた。

「私は――月が見える星がいいな。初めは、月に住むのもいいかなって思ったけど……月に住んじゃったら、月を見ることができないし」

昨日の夜を思いだしながら、美織はそう答えていた。

「なるほど、月か……ってことは、衛星がある星がいいってことだな。月は、地球の周りをグルグル回っている衛星だからね。衛星は何個ある方がいい？」

黒星先生から、思いもよらない質問が返ってくる。

「何個って？　月みたいな衛星が何個もあるってことですか？　そんなこと考えたこともなかったけど……」

美織は頭の中で、月がたくさんうかんでいる夜空を想像した。なんだかとても奇妙な感じだ。

「衛星は一つだけとは限らない。例えば、木星には衛星が六十個以上も発見されているんだ。そのほとんどは、小さい衛星だけどね。大きくて有名な衛星は、そのうちの四つだ。地球には衛星が一個しかないけど、他の星では、そうとは限らない。もっと自由に想像すればいいのさ。『ありえない』と思えることも、宇宙では、『ありえる』かもしれないからね！」

黒星先生の話を聞きながら、美織は宇宙が空想の世界のように思えてきた。目に見えない死んだ星があったり、衛星が六十個以上もある星があったり……美織は、宇宙に不思議な魅力を感じ始めていた。

「よし、それでは、みんなの意見をレポートにまとめて書いてみてくれ。レポートを書き終わったら、昼からはコンピューター室に集まること。いいね？」

黒星先生の指示にしたがって、Eグループのメンバーは、おたがいにワイワイと意見を交わしながら、レポートを書き始める。

自分たちの惑星作り、ちょっと楽しくなってきたかも……。

美織も、なんだかやる気が出てきた。

「私、花がたくさん咲いている星がいいな。きれいな景色にかこまれて住みたいから」

美織が言うと、

「それなら、山があってもいいよな。山がある景色って絵になるだろ？」

岳が話にのってくる。

「うん、それいいね。そんな場所なら、みんなでピクニックとかできそう」

由衣も楽しそうに答えた。

全員が想像力を使って、いろんな意見を言えるようになっていた。

昼食を食べ終わり、Eグループのメンバーは早速、コンピューター室へ向かった。

コンピューター室には、真っ白いテーブルの上に、パソコンが何台も並んでいた。一番奥にあるパソコンの後ろから、もじゃもじゃ頭が見えている。黒星先生がパソコンと格闘しているようだった。

美織たちが黒星先生のそばに近よると、先生は何やらソフトを立ち上げて、キーボードをたたいている。

「これは、僕が開発した『プラネット・シミュレーション』だ。このソフトを使って、君たちが考えた『オリジナル惑星』を作っていくのさ！」

くるりとふり返り、黒星先生はニカッと笑った。パソコンには、宇宙を思わせる真っ暗な画面がうかび上がっていた。

「さてと……先ほど、まとめたレポートを見ながら、順番に情報を打ちこんでいこう。まずは、星の形と大きさだ」

黒星先生は岳からレポートを受け取り、パソコン画面に数字を入力していく。すると、何もなかった真っ暗な画面に、グレー色の球体が現れた。

「おぉ！　なるほど……これが俺たちの惑星ってわけか。ところで、惑星の名前は何にする？」

岳は早くも、やる気満々だった。

「素敵な名前がいいよね」

由衣もうれしそうに考え始める。

「そうね……例えば、みんなの名字の頭文字を取ったら、山脇、天川、小野田だから……Ｙ、Ａ、Ｏになる。そのまま、ＹＡＯ惑星とか、どう？」

美織が適当に思いついたことを口にした。

「おっ！　なんか、カッコイイかも！　ＹＡＯ惑星！　ありそうな感じだ」

「うん、いいよね。ＹＡＯ惑星の研究なんて……本物っぽい！」

岳と由衣が、あっさり賛成すると、Ｅグループの惑星名が決定した。

三人が話しこんでいる間に、黒星先生はパソコンにどんどん情報を打ちこんでいった。

グレー色だった惑星は、明るい青緑色に変化している。そのうち、惑星の表面には大陸らしきものが現れ始めた。地球とちがって、ちょうどボールの真ん中に帯をまいたように、横一直線の変な大陸になった。

「ふむ……君たちのＹＡＯ惑星は、どうやら……どこの大陸に行っても一年中、熱帯気候になるようだね。このままじゃ寒い地域がなくなるぞ？　雪が降らなくてもいいのかい？　恋人といっしょにスキーやスノーボードを楽しめなくなってしまうな」

黒星先生が、悲しそうに質問した。

「岳が一年中、海で泳ぎたいって言いだして……それで、こんな大陸になったんです」

美織は、両手を腰にあてて言い放った。

「いいじゃないか！　どこへ行っても、ずっと夏休みみたいな気候なんて最高だろ？」

岳は、すかさず反論する。

「でも……どこへ行っても暑いなんて、バテてしまいそう。寒い場所で、温かいこたつに入って、みかんを食べたりしたくない？」

由衣が岳をなだめるように言った。

「こたつで、みかんか……確かに、それもすてがたい……」

由衣に言われて、岳はボソリとつぶやいた。

結局、大陸の場所を修正することとなり、美織たちはあれこれ意見を言い合い始めた。

三人の意見が、なかなかまとまらないので、黒星先生が口をはさむ。

「まぁ、とにかくだ！　今すぐに、ＹＡＯ惑星を完成させろと言うわけじゃない。この『プラネット・シミュレーション』の使い方を教えるから、毎日、ここでいろんな情報を変更しながら、少しずつ惑星を作っていけばいい。最終的に魅力的な惑星になれば、それでオッケーだ。じゃあ、このプリントをよく読んで、順番にソフトをさわってごらん」

黒星先生が席を立つと、三人は交代しながら、キーボードを使っていろんな数字を入力し始めた。ＹＡＯ惑星は赤色に変化したり、ほとんど海だけの真っ青な星になったり、めまぐるしく変化していく。

美織はパソコンの前に座り、衛星数の欄に『3』という数字を打ちこんだ。すると、ＹＡＯ惑星の周りに、三つの衛星がクルクルと回り始めた。

「衛星の数は、私たち三人という意味をこめて三つにしてみたの。ぶつからないように回ってくれるかな？」

ＹＡＯ惑星の周りを回る、淡い黄色、緑色、ブルーグレー色の衛星を、美織は興味しんしんな様子でながめている。実際にＹＡＯ惑星から見たら、どんな風に見えるのだろう？　と想像をめぐらせていた。

三人が必死になってパソコンに向かっていると、気がつけば、窓の外から赤い夕日がまぶしいくらいに射しこんできた。時刻は、十八時半を過ぎている。

「楽しい時間って、あっという間に過ぎちゃうよね。ＹＡＯ惑星では、一日二十四時間じゃ足りないかも……」

美織はいつの間にか、ＹＡＯ惑星を作ることに夢中になっていた。

5 美織の記憶

三角フラスコをていねいに洗い終わり、美織はそれを持って実験台へもどっていく。

実験室では、岳が大きい水槽にたっぷりと水を入れていた。その横で、由衣はニンジンを一生懸命すりおろしている。今日は何かの実験をするらしく、Eグループのメンバーは黒星先生に言われた通りに、もくもくと準備をしていた。

「この地球上で僕たちが生きるのに、必要なものは何だと思う？」

黒星先生は試験管を並べながら、美織たちに質問した。

「水！」

そう答えると、岳は水の入った水槽をテーブルの上に置いた。

「確かに水も必要だね。他には何があると思う？　たとえば、水は今すぐ飲まなくても、しばらくは生きていられるだろう？　今すぐに、なくなったら困るものは？」

「空気です」

ニンジンで赤くそまった手を上げながら、由衣が言った。

「そう！　空気だ。もっとくわしく言うと、僕たちには常に酸素が必要なんだ。酸素がなくなってしまったら、すぐに死んでしまうからね。だから、オリジナル惑星を作るときに一番重要なことは、ちゃんと酸素があって呼吸できる星にしなくてはいけない、ということだ！　ところで……酸素は、どうやったら作れるのか知ってるかい？」

黒星先生は、早く実験を始めたくてしかたがない――という顔をしている。それを見て、美織は机の上でほおづえをついた。

「過酸化水素水と二酸化マンガンを混ぜると、酸素ができます」

美織は、知ってて当然と言わんばかりに淡々と答えた。それを聞き、黒星先生は意表をつかれたように目を丸くした。

「美織。よく知ってるね。どこで、そんなむずかしい単語を覚えたんだ？」

黒星先生は、とても残念そうに美織を見つめた。どうやら、美織たちをおどろかせようと思っていたらしい。先生のがっかりしている様子が、手に取るようにわかった。

まったく……本当に子どもみたい。

美織はクスクスと笑いだす。このままでは黒星先生がかわいそうなので、ちゃんとフォローすることにした。

「さっき、実験室に置いてある科学雑誌を読んでみたら、酸素の作り方が書いてあったんです。

今から、その実験をするんでしょ？」

「ふむ、まぁ……そんなところだ！　だがしかし、今日は身近にあるものを使って実験することにしよう。ケガをしたときに使う消毒液と、由衣がすりおろしてくれたニンジンで酸素を作るのさ！　これなら、むずかしい単語を使わずにすむからね！」

黒星先生は気を取り直して、ニヤリと笑いながら話を続けた。

「そして……僕たちが今から行う実験は、非常に危険なものなんだ。一つまちがえると大爆発を起こして、君たちは宇宙のはてまで飛んでいくことになるだろう。まぁ、僕のようにクールな先生がついていれば大丈夫だが、子どもだけでこの実験を行うことは、絶対に禁止だ！　いいね？　それでは美織、奥の棚からオキシドールと書かれた消毒液を取ってきてくれるかい？」

すっかりいつもの調子にもどって、黒星先生はうれしそうに言った。

美織はあきれた顔をして立ち上がり、実験室の奥にある棚へ向かった。ガラス戸のついた棚の中には、いろんな種類の薬品がずらりと並べられている。

「消毒液ね……」

美織は薬品を指さしながら、消毒液のボトルを探し始める。ガラス戸を開けて、薬品のラベルをしっかり確認しようと棚に顔を近づけた。すると、いろんな薬品のにおいが鼻についた。

あれ？　このにおい……。

そう思った瞬間、美織はドクドクと心臓の音が頭の中から聞こえてくるのを感じた。

どうしたんだろう？　なんだか、おかしい。

突然、頭がクラクラして、美織の目の前が真っ白い霧でおおわれていく。周りの音がどんどん遠ざかり、とても静かになった。さっきまで見えていた棚が消え、何かに引きよせられるように、体が下へ下へと落ちていった。

目の前は、どこまでも続く真っ白な世界。

美織はたった一人で、霧の中にぽつんと立っていた。下を見ると、真っ白い廊下が続いている。

この廊下を進まなくてはならない――そうわかっていても、前に進むのが怖くて足がすくんだ。

行きたくない……この先には、行きたくない。

なぜだかわからないけれど、美織はそう思った。

そのうち――だれかに手をひかれ、真っ白い廊下を無理やり歩きだした。歩くたびに、美織の苦手なにおいが鼻についた。

嫌だ。嫌だよ……。

美織は泣きながら、足をひきずるようにして廊下を歩いていた。

怖い。すごく怖い。

一歩また一歩と進む足に、感覚がなくなっていく。美織の体は、どんどんこおるように冷たくなっていった。

気がつけば、美織は真っ白い部屋の中にいた。悲しくて悲しくて、どうしようもないくらい涙があふれてくる。泣き続けていると、頭がキーンと痛くなるのを感じた。目の前がまた、真っ白い霧でおおわれていく。

すると、霧の中でかすかにパパの背中が見えた。

パパ？　パパ……待って、行かないで！

美織がさけんでも、パパはどんどん霧の中へと消えていく。

パパ……お願いだから、どこにも行かないで！　私をおいて行かないで！

霧の中で、美織はパパの背中をつかもうと必死になって手をのばした。でも、美織の手は空を切るだけで届かない。

パパ、どうして行ってしまうの？　どうして？

目の前にかすんでいくパパを追いかけるように、懸命にもがきながら進んでいく。けれど、もがけばもがくほど、どんどんパパが見えなくなっていった。

ひどいよ……私をおいていくなんて。消えてしまうなんて。

パパなんて……パパなんて――大嫌い！

そうさけんだとき――美織の耳にかすかなささやき声が聞こえてきた。

パパ……？　パパなの？

目をこらしてパパを探した。目の前は真っ白い霧におおわれて、何も見えない。でも、確かに声は聞こえてくる。美織は声のする方へ必死に手をのばし、パパの手をつかんだ。パパの手は、とても温かかった。美織をよぶ声は、だんだんはっきりと聞こえるようになってくる。

「美織……美織？　大丈夫か？」

かすかに目を開けると、黒星先生の顔が見えた。先生の青い瞳が、メガネの奥から心配そうに美織を見つめている。美織は、黒星先生の手をにぎりしめていた。

「先生……？」

「美織、気分はどうだ？」

黒星先生が美織の顔をのぞきこんだ。先生の後ろには白いカーテンが見えている。美織は自分がベッドに横になっていることに気がついた。

「ここは……どこ？　先生、私……どうなったの？」

「ここは別館にある医務室だよ。美織は実験室でたおれたんだ。覚えてないのかい？」

「あの……私――確か、棚のガラス戸を開けて……そしたら、いろんな薬品のにおいがして、それで……」

美織が記憶をたどっていると、黒星先生がしんけんな顔をしていた。先生の意外な表情を見て、美織はとてもおどろいた。

「今、お医者さんに来てもらったから心配はいらない。由衣から聞いたが、毎日遅くまで起きてるそうだね？　きっと寝不足でつかれているところに、薬品のにおいをかいで気分が悪くなったんだろう。美織、今日から夜ふかしは絶対に禁止だ。いいね？」

黒星先生に念をおされ、美織は素直にうなずいた。

黒星先生が医務室を出ると、奥からお医者さんがやってきて、美織の診察を始めた。熱をはかって血圧を測定し、体調についていくつか質問を受けた後、お医者さんはニッコリほほえんで「大丈夫(だいじょうぶ)よ」と言ってくれた。

美織(みおり)がお礼を言ってベッドからおりようとしたとき、バタバタと足音が聞こえてきた。

「美織！」

「美織ちゃん！」

黒星先生(くろぼしせんせい)に連れられて、岳(たける)と由衣(ゆい)が医務室(いむしつ)に入ってきた。二人は、急いで美織のそばへかけよった。

「大丈夫？　もう平気なの？」

由衣が美織の手をとった。

「うん、もうぜんぜん大丈夫。ごめんね……心配かけて」

「ホントにおどかすなよ。俺(おれ)……ビックリして、もう少しでビーカーを落とすとこだった」

岳が照れくさそうに言った。

「もしかして、私(わたし)のせいで実験が中止になった？」

美織は気まずそうにたずねる。

「実験はまた今度やればいいから、気にしなくても大丈夫だよ」

由衣がやさしくフォローした。

「でも……私、最後までやりたい。ねぇ、先生……私、もう大丈夫だから、今から実験の続きをしようよ。途中でおしまいなんて嫌だから！」

美織はまじめな顔で黒星先生にお願いした。先生はだまったまま、何かを考えているようだった。

「お願い！　先生……私、今度は気をつけるから！　気分が悪くなったら、すぐに言うから……だから……お願いだから、実験の続きをやらせてほしい！」

美織は必死になって黒星先生にうったえた。美織には、まったくあきらめる気配がない。

美織の様子を見て、黒星先生は奥にいるお医者さんのところへ向かった。黒星先生はしばらくお医者さんと話をしたのち、美織のそばへもどってきた。

「オーケー……美織の気持ちはわかったよ。ただし、一つだけ条件がある」

黒星先生は、美織に向かってニヤリと笑った。

「条件？」

「そう、美織が実験に参加したいのなら、今からこれをつけること！　これが条件だ」

黒星先生は白衣のポケットから何かを取りだし、それを美織の手のひらにのせた。

「え？　何これ？」

「これは、シンクロナイズドスイミングの選手たちが泳ぐときにつけている『鼻栓（はなせん）』だよ」

「えっ！　うそでしょ……こんなの、つけろって言うの？　嫌（いや）だよ。こんなの……はずかしいじゃない！」

美織（みおり）は、きっぱり断（ことわ）った。

「何を言ってるんだ？　これをつけていればきっと——鼻が高くて、とびきりの美人になれるぞ！　さぁ、だまって言うことを聞きなさい」

「そんなこと言っても嫌なものは嫌だよ！　だいたい、なんでこんな物を持ち歩いてるの？」

美織は真っ赤になって言った。

「これは、僕（ぼく）の貴重（きちょう）な七つ道具の一つなのだよ。実験中はいろんなにおいがするから、これをつけると、とっても便利なんだ。よし、美織がそんなにはずかしがるなら、全員でつけよう！　岳（たける）と由衣（ゆい）はどうだい？　つけてみたら、なかなか——つけ心地（ごこち）がいいぞ」

黒星先生（くろほしせんせい）は、岳と由衣にも鼻栓を手わたした。二人とも一瞬（いっしゅん）ためらっていたが、美織の方をうかがって、すぐにうなずいた。

「しょうがないな……それじゃ、つけてやるよ！」

岳はすばやく鼻栓をつけ、くるりとふり向いた。

「おっ！　なかなかいい感じ！　どうだ？」

ニヤニヤと笑いながら岳は腕を組んだ。嫌がっているというより、むしろ喜んでいる。

「じゃあ……私も……」

由衣もはずかしそうにしながら、鼻栓をつけ始める。つけ終わると、ほほを赤らめながら美織にやさしく笑いかけた。

こうなると、美織もつけないわけにはいかなくなった。岳と由衣の方をチラッと見て、美織はしぶしぶ鼻栓をつけた。

「いいねー！　みんな、なかなか似合ってるじゃないか！　それでは、シンクロの選手のように全員整列だ！」

黒星先生がそう言うと、Ｅグループのメンバーは鼻栓をしたまま横一列に並んだ。目の前にある医務室のガラスに自分たちの姿が映っている。鼻栓をしたみんなの顔がおかしくて、次の瞬間、全員で大笑いしていた。

「これって、どうよ？」

「見慣れてないから、変な感じ」

「黒星先生が、一番似合わない！」

美織(みおり)たちは、お腹(なか)をかかえながら笑い転げた。

「よし、それではEグループのシンクロスタイル実験を続けるために、今から実験室へ向かうとしよう」

黒星先生はニカッと笑い、医務室(いむしつ)の扉(とびら)を開けた。美織たちは鼻栓(はなせん)をしたまま、先生の後に続いていく。他のグループの子に見られないかとヒヤヒヤしながら廊下(ろうか)を歩いていった。

実験室では、鼻栓のおかげでにおいも気にならず、気分が悪くなることもなかった。美織はいつもの自分を取りもどし、実験の準備(じゅんび)を進めていく。由衣(ゆい)と岳(たける)は、美織を気づかいながらテキパキ行動してくれた。

「二人とも、本当にありがとう」

こうしてEグループのメンバーにささえられ、美織は最後まで無事、実験に参加することができたのだった。

6　天体観測

夜になると、スペースレストランの天井に描かれた星座が、ぼんやりとうかび上がる。ライトアップされた噴水と、テーブルを照らす黄色い照明が、素敵な空間を作りだしていた。昼間とちがって夜のスペースレストランは、とても落ち着いた雰囲気だ。

「お腹へったね。今日の晩ご飯はなんだろう？」

美織は由衣といっしょに天井を見上げながら、トレーを持ってカウンターへ進んだ。おみそ汁の良い香りがただよってくる。夕食は全員同じメニューとなっていて、今夜は豚のしょうが焼き、トウモロコシのご飯、ナスとお揚げのみそ汁、玉子どうふと冷やしそうめん、デザートにはスイカがついていた。

「わぁ、スイカ！　おいしそうだね。いつもの席に座る？」

由衣はニコニコしながらトレーにデザートをのせた。

「そうだね。夜の噴水も素敵だし、そうしよう！」

美織は夕食をのせたトレーを持って、いつものテーブルへ向かった。

美織と由衣が席に着くと、しばらくして岳がやってきた。

「今日の夜は別館の屋上にある天文台で、土星を見るんだってさ！　すっごく大きな望遠鏡で見るらしい。なんかワクワクするよな！」

「へぇ、そうなんだ。それは楽しみ！」

美織は、そうめんをおはしで引き上げながら、うれしそうに言った。

「私も、すっごく楽しみ！　実はまだ、望遠鏡で土星を見たことがないの。大きな環がある星だよね？　いつか本物を見てみたいって思ってたんだ」

由衣は目を輝かせながら、玉子どうふの器を手に取った。

「おぉ……それは良かった！　土星の環をこの目で見たら、なかなか感動するぞ。ところで、スイカが食べられない人がいれば、僕が食べてあげるから遠慮なく言ってくれたまえ」

三人の会話にわりこむように、後ろから黒星先生が現れた。

「いいえ、けっこうです。スイカは食べられます」

美織がぴしゃりと言うと、岳と由衣もうなずいた。黒星先生は、期待はずれという顔をする。

「そうか、それは残念。それでは、今日の天体観測の予定だが……夜八時になったら別館の屋上にある天文台の前に集合だ。各自、星座早見盤と懐中電灯を持ってくるように。屋上では絶対に、フェンスによじ登ったり、走り回ったりしないこと。いいね？」

黒星先生は、紙で作った白い星座早見盤を美織たちに手わたした。そして片足でくるりと回転し、中野先生が座っている席へもどっていった。


夕食を食べ終わり八時前になったので、美織たちは早速、別館の屋上へ向かった。

今日の天体観測は他のグループもいっしょになるため、屋上ではザワザワとにぎやかな話し声が聞こえていた。別館の屋上は広々としていて、周辺にある建物が一望できる。屋上の南はしには、らせん階段でのぼっていく天文台が建てられていた。

今夜の空はすっかり晴れわたり、絶好の観測日よりだった。もうすでに明るい星が、ちらほらと輝き始めている。

「これなら、土星もバッチリ見えそう……」

美織は夜空を見上げながら言った。

「うん、楽しみだね」

由衣も、うれしそうに星をながめている。

街の明かりがじゃまをして、そんなにたくさんの星が見えているわけではないが、目が慣れてくると、暗い星も肉眼で確認することができた。

一方、岳(たける)は同じ和室で寝(ね)ている男子たちのそばへかけより、ワイワイと楽しそうにしゃべっていた。だれとでもすぐに仲良くなれるのが、岳の良いところでもあった。

「さぁ、Ｅグループのメンバーは、こっちに集まってくれ！」

黒星先生のひときわ大きな声が聞こえたので、美織は後ろをふり向いた。先生は、自分の顔をわざと下から懐中電灯(かいちゅうでんとう)で照らし、不気味に笑っている。どうしても、何かおもしろいことをしたいらしい。

それを見て、岳がゲラゲラ笑いながら、先生の方へ走りよっていく。美織と由衣は、他のグループの子たちがクスクス笑うのを聞きながら、はずかしそうに黒星先生のところへ歩いていった。

「では、今から順番にあの天文台にのぼって、特別大きな望遠鏡で土星を見てみよう！　ただし、望遠鏡は一つしかないから、各グループの順番を待たなくてはならない。そこで、自分たちの順番が来るまでは、先ほどわたした白い星座早見盤に色をぬっていく作業を行うことにする。星座盤にはたくさんの星座が描(か)かれているが、自分たちが今、実際(じっさい)に見える星だけに色をぬってほしい。明るく見える星は黄色、暗く見える星は青色、その中間くらいの明るさに見える星は緑色をぬること。それじゃ、作業を始めてみよう！」

黒星先生は一人ずつ、色えんぴつの箱を手わたした。美織たちは色えんぴつを受け取り、星座早見盤に懐中電灯を当て、夜空の星の位置を確認し始めた。

美織のちょうど頭の上には、こと座のベガが明るく輝いていた。その右下には、わし座のアルタイル、左下には、はくちょう座のデネブが見えている。夏の大三角とよばれる星々だった。

パパがよく話してくれた星……ベガとアルタイル。ベガが織姫で、アルタイルが彦星だったよね？　一年に一度、七月七日にだけ会いにいける二人。ちょっぴり悲しいけど、素敵な話。

パパから七夕の話を聞きながら、いっしょに願いごとを書いたっけ……なんだか、なつかしいな。

美織は夜空を見つめながら、遠い記憶をよびもどしていた。大好きなパパとの記憶。そのとき、ふと――昨日、実験室でたおれたことを思いだした。

あの夢は、いったい何だったんだろう？　それに、あのにおい……。

美織はいつも、薬品のにおいをかぐと、とても嫌な気持ちになる。そわそわと落ち着かなくなったり、しずんだ気持ちになったりするのだ。だから、薬品のにおいが大の苦手だった。

そして、昨日見た夢の中でも、薬品のようなにおいを感じていた。真っ白い霧におおわれていく夢――どうしてあんな夢を見たのかわからないけれど、その夢を思いだすと、美織は心がチクリと痛(いた)んだ。

パパなんて……大嫌(だいきら)い――。

いくら夢とはいえ、パパにあんなことを言うなんて。どうして、あんなこと……。

美織は自分のことを責(せ)めていた。パパにひどいことを言ってしまったという罪悪感(ざいあくかん)が消えないのだ。

ぼんやりと夜空を見上げたまま、美織はぼうぜんと立ちつくしていた。

「美織ちゃん？　大丈夫(だいじょうぶ)？　また具合でも悪いの？」

由衣(ゆい)が、心配そうに美織の顔をのぞきこむ。美織はハッとして、あわてて首を横にふった。

「あ……だ、大丈夫。なんでもないよ。ごめんね。心配かけちゃって」

「それならいいけど……。でも、もし気分が悪かったら、かくさずにちゃんと言ってね。それから他のことでも……何か相談したいことがあったら、何でも話してくれたらいいから！」

由衣のやさしい言葉が、美織には何よりうれしかった。

美織はパパが亡(な)くなってから、パパの話をだれにも話そうとはしなくなっていた。話せば、かわいそうに……と、みんなが気づかってくれる。それが、よけいにつらかったのだ。でも由衣は、今まで出会っただれよりも、一番仲良くなれた友達だった。由衣といっしょにいると、美織は自分でも不思議なくらい、何でも話せるような気がしていた。

「あの……実はね。私――由衣ちゃんに話してないことがあるんだ。私のパパのことなんだけど……」

美織は思い切って話を切りだした。由衣は落ち着いた表情で、美織の言葉をじっと待ってくれている。

「私のパパはね……天文学者だったんだ。宇宙が大好きで、いつもいろんな星の話を聞かせてくれた。私もパパの話を聞くのが大好きだった。でも……三年前に、パパは病気で亡くなったの。だから、私がパパのかわりに、宇宙の研究をしようと思ってる。パパみたいな天文学者になって、パパが働いていた天文台で働くのが夢なんだ。その夢をかなえるために、この合宿に応募したの」

南の空にひときわ輝く土星をながめながら、美織はパパのことを話してみた。自分の口から、おどろくほど自然に言葉が出てくるのを感じた。

「そっか、そうだったんだ……」

それだけ言うと、由衣はだまったまま美織のそばに立っていた。美織も何も言わず、由衣の横で夜空を見上げていた。二人とも、しばらく何も話さなかったけれど、ぜんぜん重苦しい雰囲気ではなかった。言葉を交わさなくても、おたがいの気持ちが感じ取れるようだった。

すると、由衣が何かを決心したように美織を見つめ、口を開いた。

「前にね……夜中に目が覚めたとき、美織ちゃんが、『パパ、行かないで！』って寝言を言ってるのが聞こえたの。すごく悲しそうに言ってたから、本当はすごく気になってたんだ……」

由衣の言葉に、美織は思わず目を丸くした。

え？　もしかして、あの夢？　あの夢を――知らないうちに見てるってこと？

少し困惑しながら、美織は由衣の方を向いた。

「私……そんな寝言を言ってたの？　知らなかった。なんだか、はずかしいな」

「はずかしくなんかないよ！　大丈夫。だれにも言わないから！　それに……そんな大事な話をちゃんと話してくれて、ありがとう。私で良かったら……なんでも言ってね。美織ちゃんなら――美織ちゃんのパパみたいに、きっと素敵な天文学者になれると思う」

由衣はニッコリほほえんだ。由衣の言葉はまっすぐで、少しも痛みは感じない。美織は素直に由衣の言葉を受け入れ、もう一度夜空を見上げた。

「うん。ありがとう。なれるといいな……本当に。パパみたいに頭が良いわけじゃないけど、がんばらなきゃね。それに、岳にも負けたくないし。岳はいつもふざけてるけど……あれでけっこう勉強できるんだよ」

美織は、黒星先生と笑いながら星を見上げている岳を指さした。

「実は、岳君も……美織ちゃんのこと、ずいぶん心配してたんだよ？　美織ちゃんが元気になった後も、大丈夫なのかって――私にこっそり様子を聞きにきたの。本人に直接聞けばいいのにね」

由衣はクスリと笑った。

「岳が……？　そんなキャラじゃないのに？」

思いもよらず、岳と由衣のやさしさが美織の中にしみこんできた。うれしいような、はずかしいような――なんとも言えない温かい気持ちになった。


「さぁ、君たち。用意はいいか？　いよいよEグループの順番がやってきたぞ。では、一列に並んで、僕についてきたまえ！」

そこへ、テンションの高い黒星先生が現れた。いつものことだが、先生が一番はりきっている。岳は、すばやく先生の横に並んだ。

前のグループが天文台からおりてきたので、Eグループのメンバーは黒星先生を先頭に、らせん階段をのぼり始めた。階段をのぼり切り大きな扉を開け、天文台の中へ入っていく。

天文台の中には小さなドーム型の空間が広がっていた。ドーム型の天井は開いており、中央には見上げるほど大きな天体望遠鏡が設置されている。望遠鏡をのぞくためのレンズは、美織たちが立っている場所から二メートルほど上にあるため、そこまでの小さな階段が用意されていた。黒星先生はその階段を軽々とのぼり、レンズの中をのぞきこんだ。

「おぉ！　今日はとってもきれいに見えているよ。ここはせまいから、一人ずつ順番に上がってきてくれ」

黒星先生が上から手招きする。

美織と由衣が少し遠慮していると、すかさず岳が手を上げた。

「じゃあ、俺から！」

ヒョイっと階段をかけあがり、岳はレンズをのぞきこんだ。

「すげー！　環がはっきりと見えてる。土星ってカッコイイよな」

岳は大喜びで言った。

「土星の環は毎年、見える角度が変わるんだよ。年によっては、環がほとんど見えないときもあるんだ。今年のは、かなり見やすい角度だろう?」

「うん。それじゃ、俺たちはラッキーってわけだ」

「その通り！　このチャンスを逃さず、しっかり見ておきたまえ」

黒星先生に言われ、岳はしばらく望遠鏡にかじりついていた。

岳が下へおりてくると、今度は由衣が階段をのぼり始めた。上にたどり着き、そっと望遠鏡をのぞきこむ。由衣が思わず、息を飲むのがわかった。

「すごい……！　きれいな星！」

由衣はポカンと口を開けたまま、じっと土星を見つめていた。

「よく見たら、環のしま模様も見えるだろう？　どうだい？　自分の目で見た土星は？」

黒星先生がニッコリとほほえむ。

「こんなに大きく見えるなんて思いませんでした。すごい……感動です」

由衣はしばらく、食い入るようにレンズをのぞきこんでいた。そして、たっぷり土星をながめ終わり、夢心地で階段をおりてきた。最後は、美織の番だ。

美織は階段をのぼり、落ちないように手すりにつかまってレンズに顔を近づけた。目の焦点が定まると、目の前に土星がはっきりとうかび上がる。土星の輪は太く、バウムクーヘンのように、しま模様が入っている。土星の星自体にも、うっすらとしま模様が見られた。巨大な望遠鏡で見ると、やはり迫力があった。

「家の望遠鏡で見るのとは大ちがいだわ」

「そりゃ、そうだよ！　この望遠鏡はお値段が高いからね！　もったいないから、しっかり目に焼きつけておくように」

そう言って、黒星先生はニカッと笑った。

パパも毎日、こんな土星を見ていたのかな？　天文台にいれば、こんなにりっぱな望遠鏡でいろんな星を見ることができるんだ。やっぱり私——天文台で働きたい！

美織はよりいっそう、夢がふくらんでいくのを感じた。

Eグループの天体観測が終わり、美織たちは天文台を後にし、らせん階段をおりていった。

屋上にもどり、美織は夜空を見上げた。さっきよりも星がたくさん見えるような気がして、星座早見盤の色ぬりが終わっていないことを思いだした。あわてて色えんぴつを取りだし、星座盤に色をぬり始める。

そこへ、由衣と岳がやってきた。二人とも土星の環が肉眼で見えないかと、必死で目をこらしている。美織も目を細めて、二人の横に並んだ。

「なんだか……環が見える気がする」

三人とも、同じことを言って笑っていた。

心が――通じ合ってる気がした。

7　夜の本館

黒星先生のおもしろいトークを聞いて笑ったり、今まで知らなかった宇宙の不思議におどろいたりする日々は、あっという間に過ぎていった。

気がつけば、スペース合宿が始まってから六日目の夜をむかえていたのだ。美織はいつものように、元気だよ、とママへ連絡すると二段ベッドに転がった。

「明日でいよいよ最後か……なんだか、ちょっとさびしいよね」

美織はこの一週間をふり返りながら、下の段にいる由衣に話しかけた。

「そうだね。すごく楽しかったから、時間が経つのが早いよね。もっとEグループのみんなといっしょに研究していたいな」

由衣もしんみりと答える。

「うん、ホントに。初めは黒星先生のこと受け入れられなかったけど……案外良い先生だしね。もう少し、いっしょにいてもいいかな……」

そう言いながら、美織は寝返りをうった。黒星先生と毎日楽しく過ごしているうちに、先生に対する気持ちが変わっていることに気がついた。

「YAO惑星もいい感じになってきたし、後は黒星先生のことを研究するだけだよね」

由衣はクスクス笑っていた。岳だけでなく、いつの間にか美織も由衣も、すっかり黒星先生を気に入っていた。

「もうそろそろ、パジャマに着がえて寝る準備をしないと。そうだ、向こうの部屋も電気がつきっぱなしだった……」

美織はムクッと起き上がり、二段ベッドの階段をおりて、照明を消すために観測室へ向かった。大きな窓からは、ちらほらと夜空にうかぶ星が見えている。窓の近くで、美織はしばらくその星々をながめていた。すると、コツンと窓に何かが当たる音がした。美織はおどろいて窓に顔を近づけ、外の様子を確認した。目をこらして下を見ると、芝生の上で懐中電灯を持ったまま手をふっている男子がいる。

「あれ……岳じゃない？　こんな時間に外に出て！　見つかったら、怒られるわよ！」

美織の声に気づき、由衣が急いで奥の部屋からやってきた。

「美織ちゃん、どうしたの？」

「見てよ、由衣ちゃん。岳が別館からぬけだして、あんなところにいるの！　まったく、だれかに見つかったら、大変じゃない！」

美織は、岳へ別館にもどるよう手で合図した。

しかし、岳はいっこうに帰る気配がない。さらには、美織と由衣にも下へおりてこいと合図を送ってくるのだ。

「もう、しかたないわね！　こっそり下へ行って、岳を連れもどさないと！」

美織がそう言うと、由衣もうなずいた。

美織と由衣は懐中電灯をにぎりしめ、観測室のドアをそっと開けた。さいわい、廊下にはだれもいない。二人は足音をたてないようにしながら、慎重に廊下を進み始めた。中央階段にたどり着き、あたりを見わたして人の気配がしないか確かめる。美織と由衣は、身をかがめながら、ゆっくりと階段をおりていった。

「一階の受付には、警備員さんがいるはずよ……」

美織は由衣にささやき、階段のかげにかくれて入口にある受付窓口の様子をうかがった。

ちょうどそのとき、奥の部屋から電話が鳴る音が聞こえてきた。警備員はいすから立ち上がり、奥の部屋へと向かっていく。

「今だわ！」

美織と由衣は、かがみながら受付の前を通り過ぎ、そこから一気に走って外へ出た。そのまま大急ぎで、岳がいる芝生へと向かう。美織と由衣が芝生へたどり着くと、岳が目を輝かせて二人を待っていた。

「こんなところで、何やってるのよ？　だれかに見つかったら私たちも、怒られるでしょ！　さぁ、帰るわよ！」

美織が岳のTシャツを引っ張ると、岳はそれをふりはらった。

「ちがうんだよ！　俺、見たんだ！」

「何を見たって言うのよ？」

「黒星先生だよ！　黒星先生が、こっそり宇宙科学館の本館に忍びこむのを、この目で見たんだ！」

岳は、興味しんしんな顔で二人に説明を始めた。

「俺がトイレに行ったとき……トイレの窓から、もじゃもじゃ頭の人があたりを警戒しながら、こっそり本館に入っていくのを見たんだよ。あれは絶対に黒星先生だ。まちがいないよ！　先生は夜の本館には絶対入るなって言ってたくせに、自分は忍びこんでるんだぞ？　こんなにおもしろいことってあるかよ？　俺たちも、今から忍びこもう！」

岳の言葉は、とてつもなく——美織と由衣の興味をひいた。

「でも……警備員さんに見つかったら、どうするのよ？」

美織は、迷いながら岳を見る。

「黒星先生が中にいるんだから、俺たちだけ責められるのは、おかしいだろ？　大丈夫だって！　早く行かないと、先生がいなくなるかもしれない！」

岳は、何がなんでも本館へ行く気だった。

岳だけ一人で行かせるわけにはいかない……しかたなく——美織と由衣は、岳といっしょに本館へ忍びこむことにした。


「ほら、そこの扉が開いてる……」

岳が指さす方向には、ほんの少しすき間があいている扉があった。この扉は、宇宙科学館本館の非常扉だった。

岳が扉をそっとおすと、鈍い音をたてながら扉が開いた。全員で中へ入り、じっとあたりの様子をうかがった。所々、足元にある常夜灯が薄暗く光っているだけで、中は真っ暗だった。

三人は、暗闇の中を手探りで慎重に進んでいく。どうやら、長いすが置かれているロビーにたどり着いたようだ。

「黒星先生、どこ行ったんだろ？」

岳はそうつぶやきながら、ロビーの近くにある宇宙科学展示室へゆっくりと入っていく。美織と由衣も、急いでその後に続いた。

しばらくすると、暗闇に目が慣れてきて、周りの景色がぼんやりと見えてきた。隕石や月面探査機の模型があやしく光っているように見えたり、宇宙服を着た人形が今にも動きだしたりしそうで気味が悪い。

「なんだか怖いよね……」

由衣は足元を懐中電灯で照らしながら、恐る恐る展示物の間を歩いていく。

「確かに……明かりがないと、知らない場所に来たみたいで気持ち悪い」

美織も緊張しながら、一歩ずつ前に進む。お化け屋敷の中を歩いているような気がした。

「おい！　静かに！　足音が聞こえるぞ……」

岳が言うと、三人は展示物のかげにしゃがみこみ、だまったまま耳をすませた。

展示室の奥にある廊下を、だれかが歩いている音が聞こえてくる。その音はしだいに遠のいて、さらに奥へと消えていった。

三人は顔を見合わせ、見つからないように懐中電灯を消して、足音を追跡することにした。

息をひそめて、足音をたてないようにしながら慎重に廊下を歩きだした。本館にある一番奥の廊下は、プラネタリウムへと続いている。

黒星先生は、プラネタリウムへ向かってる……？

美織はそう思いながら、岳と由衣に続いて一歩また一歩とプラネタリウムへ近づいていく。一番奥の廊下は少しくだり坂になっているため、ゆっくり進もうと思っていても、体が前へ前へとまるでプラネタリウムへすいこまれるように急ぎ足になってしまう。

美織たちは、なんとか音をたてずにプラネタリウムの入口へたどり着いた。目の前の大きな両扉は、片方だけ開いていた。

やっぱり、ここにいるんだ！

三人は息をのみ、扉のかげからプラネタリウムの中をのぞきこんだ。中は本当に真っ暗で何も見えない。

岳は「俺が入ってみる」と手で合図して、そっとプラネタリウムの中へ足をふみ入れた。美織と由衣は、ハラハラしながら暗闇に消えていく岳を見守っていた。しんと静まり返った暗闇に、岳の足音だけがひびいている。その足音が遠ざかっていくと、どんどん不安になってきた。

岳は――なかなか、もどってこない。

美織は岳のことが気になって、じっとしていられなくなってきた。どうするべきか、ずいぶん迷っていたが――とうとうしびれを切らし、いっしょに中へ入るよう由衣に合図した。二人は勇気をふりしぼって暗闇の中へ入っていく。すると……

グォン！

突然、後ろにある扉が閉まる音がした。

なに？　いったい、どうなってるの？

美織は、心臓の鼓動がだんだん早くなっていくのがわかった。足は少し震えている。

美織と由衣があわてて懐中電灯をつけると、奥から岳がやってきた。三人は入ってきた場所へ引き返し、扉をおした。扉は外側から鍵をかけられたのか、開けることができなかった。

「うそでしょ？　閉じこめられたわ！」

美織はあせりながら、懸命に扉をおしていた。

「こっちにも、扉があったはずだ！」

岳は反対側にある扉へと走っていく。美織と由衣も懐中電灯を照らしながら、プラネタリウムのいすの間をすりぬけ、岳の後を追いかける。岳は、反対側にある扉の取っ手をつかみ、それを思いっきりおした。しかし、扉はビクともしなかった。

「そんな……！　完全に閉じこめられた……」

岳の悲壮感ただよう声が、プラネタリウムの中にひびきわたった。

すると次の瞬間、真っ暗だった暗闇に次々と星が輝き始める。それは上だけでなく、足元にも左右にも、どこを向いても無数の星々が輝いていた。

そのうち――今度は、自分たちの体が宙にうかび上がるのを感じた。三人は、まるで宇宙の真ん中に、ポカンとうかんでいるような感覚にとらわれていく。

「どうして、こんなことが……？」

由衣は震えた声でつぶやいた。体が風船のようにフワフワと軽く感じられるのだ。

美織と岳はだまったまま、自分たちがうかんでいる宇宙を見下ろしていた。

そこへ、美織たちのよく知っている声が聞こえてくる。

「夜は――絶対に、本館へ入ってはいけないと言ったはずだよね？」

「黒星先生！」

三人は同時に言うと、あわてて声のする方を向いた。

そこには、ぼんやりと青く光りながら、宇宙にうかんでいる黒星先生の姿があった。

「どうして？　いったい、これはどうなってるの？」

美織は黒星先生を問いただした。青白く光っている黒星先生は、いつもと雰囲気がちがう。
なんだか少し怖い気がした。

「僕は、宇宙人だって言っただろ？　ここは、僕の秘密の研究室になっているんだ。地球ではありえないような技術を使って、研究を行っているのさ。でも、ここが見つかってしまった以上、このまま君たちをもとの世界へ返すわけにはいかない……」

黒星先生はそう言うと、意味ありげに笑った。

何言ってるの？　また悪い冗談ばっかり言って……。

美織は心の中でそう思っていたが、今自分に起こっているこの状況を理解することはできなかった。それに――目の前にいる黒星先生が、冗談を言っているようにも見えなかったのだ。

「宇宙人なんて……そんなの……信じるとでも思ってるの？」

美織は弱々しく言い返す。

「今、僕たちは宇宙の真ん中にうかんでいる。こんなことが、ふつうの人間にできると思うのかい？」

黒星先生の問いに、美織は答えられなかった。岳と由衣も同じように、だまったまま固まっている。

「そんなこと……まさか、本気で言ってるの？」

「どう思う？」

黒星先生は美織に近づいた。メガネの奥から、青い瞳でじっと美織の目を見つめている。

先生が宇宙人なんて……そんなこと、あるわけない……。

美織は、自分にそう言い聞かせていた。でも、今、目の前にいる黒星先生は、自分の知っている先生ではないように思えた。得体のしれない宇宙人が自分を見つめている――そんな風に感じてしまうのだ。黒星先生の青い目を見続けていると、その不思議な目の中に、すいこまれてしまいそうで急に怖くなった。それなのに、目をそらすことができない。美織は思わず、ギュッと目を閉じた。

「ハハハハハッ……！」

すると突然、黒星先生が笑いだした。美織はパッと目を開け、わけがわからずおどろいた表情をうかべた。

「冗談だよ！　冗談！　三人とも、まんまとだまされたな！」

黒星先生は、お腹をかかえながら笑っていた。先生の言葉を聞いて、美織は信じられないという顔をする。

「冗談？　なにそれ……さっきのはうそだったの？」

「そうだよ。もちろん……うそに決まってるじゃないか。三人とも、すごい顔をしているぞ！　夜は本館に入ってはいけないと言ったのに、守らなかっただろう？　それで、少しおどかしてやろうと思ったわけだよ」

黒星先生は、まだしつこく笑っていた。三人は、困惑しながら先生を見つめている。

「でも、先生……これは、どうなってるんですか？　私たち……宇宙にうかんでるみたい……」

由衣が思わず質問した。

「これは、僕が開発した最新式の仮想現実システム。つまり、バーチャルリアリティーだよ」

「バーチャルリアリティー？」

美織は先生に聞き返す。

「そう。バーチャルリアリティーは、とてもリアルなもう一つの世界。今、目の前に見えている宇宙は、僕の天才的な頭脳が生みだしたんだ！　そして、このリモートコントローラーを使って、現実の世界と仮想の世界を行ったり来たりできるというわけさ」

黒星先生はニヤリと笑いながら、自分がはめている腕時計のようなバンドを指さした。

「仮想の世界へ行く？　それって、どういうこと？」

岳がすぐさま反応すると、黒星先生は得意満面な顔をする。

「つまり――これを使えば、どんな世界にでも行けるということさ。実を言うと、君たちが使っている『プラネット・シミュレーション』とシンクロさせることができる。まだ、実験段階でちゃんと動くかどうかわからないが……君たちが作った『ＹＡＯ惑星』にも行けるということだよ！」

黒星先生が両手を広げながら、自慢げに言った。それを聞き、全員が目を見開いた。

ＹＡＯ惑星に、みんなで行ける……？

その言葉は――まるで魔法をかけるように、美織たちをワクワクさせた。三人の好

奇心が、急激にふくれあがってくる。

「すげー！　ホントに？　俺、ＹＡＯ惑星に行きたい！　今から、みんなで行こうよ！」

岳はすぐさま黒星先生にたのみこむ。

「私も行ってみたいです。ＹＡＯ惑星……自分たちが作った惑星に！」

由衣が目を輝かせて言った。

「みんなが行くなら、私も行く……！」

美織もつられて、そうつぶやいた。

黒星先生は、その言葉を待っていたかのようにニヤリと笑う。

「よし、それじゃ一つだけ条件がある。僕が極秘プロジェクトとよんでいる――この最新式のシステムは、本当にまだ実験段階でだれにも秘密なんだ。極秘で研究を続けているんだよ。だから、ここで見たことを絶対にだれにもしゃべらないと約束できるなら、君たちをＹＡＯ惑星に連れていってあげよう。どうだい？　秘密を守れるかい？」

黒星先生がしんけんなまなざしで質問すると、三人は顔を見合わせる。そして――

「もちろんです！」

全員が声をそろえて、そう答えていた。

8　ＹＡＯ惑星の旅

黒星先生が、腕にはめたリモートコントローラーに何やら入力すると、周りにある宇宙の星々が急に動き始めた。星々は美織たちの周りをものすごい速さで回り始め、しだいにそれは大きな渦のように変化していった。

足元にキラキラと輝く星の渦ができあがり、自分たちがその上にうかんでいる……そう思った次の瞬間、美織たちはものすごい勢いで、その渦の中に引っ張られていくのだった。下へ落ちていく！　思わず全員が目を閉じた。

ドン……！

足が地面に着くのを感じて、美織はゆっくりと目を開けた。目の前には、緑色の壁が見える。よく見ると、それはとてつもなく大きな草だった。あたりには、その大きな草がたくさん生えている。自分たちが、まるで小さな虫になったように感じた。

「なるほど……君たちのＹＡＯ惑星は、なかなか迫力のある星だね。あたり一面に、巨大な草が生えているというわけか。しかも夜だというのに、こんなに明るいなんて……今から冒険へ行くには最適だ！」

黒星先生は無邪気に笑いながら、夜空を見上げた。

Ｅグループのメンバーは、目の前にある巨大な草のジャングルを見つめていた。草にそって視線を上げると、夜空には星が輝いている。確かに、夜にしては不思議なほど明るく、周りの景色がよく見えていた。ジャングルの間を強い風がふきぬけて、草のにおいがただよってくる。それは、とてもリアルな感じがした。

「すげーな！　俺たちは本当に、ＹＡＯ惑星にいるんだ……こんなに、でっかい草が生えてるなんて思わなかった！　他の場所は、どうなってるんだろ？」

岳が感動しながら、目を輝かせていた。

「そうだね。もう少し、見晴らしの良さそうな場所まで歩いてみよう」

黒星先生は、リモートコントローラーを見ながら前へ進み始めた。美織たちもその後についていく。

Ｅグループのメンバーは、迷路のような草をかき分けながら歩いていた。黒星先生の背丈の三倍ほどもある巨大な草は、風にふかれながらザワザワと、まるでおしゃべりしているような、さわがしい音をたてている。

草の間から、だれかに見られているような気がして、美織は落ち着かない気分になった。みんなとはぐれないように急ぎ足で前へ進んでいく。しかし巨大な草は、目の前をさえぎるようにゆらゆらとゆれ動き、とても歩きづらい。美織は必死になって、前を歩く岳の背中を追いかけた。

やっとのことで草の迷路をぬけ、黒星先生は目の前にある赤いゴツゴツとした岩山を登り始めた。先生が岩をふむたびに、赤い岩がほのかに黄色い光を放っている。岩が生きているような、とても奇妙な光景だった。

「よし。ここなら、このあたりを一望できそうだ。こっちへ登ってきてごらん！」

黒星先生が岩の上から手招きするので、美織たちは恐る恐る赤い岩を登り始めた。足が岩にふれたとたん、くつ底から黄色い光がもれてくる。不思議な感覚にとらわれながら、一歩ずつ慎重に黒星先生のところへ進んでいった。

「すごい……信じられない！」

岩を登り切って空を見上げると、美織は目を見開いた。

夜空には、月とはまったくちがう模様の大きな衛星が三つうかんでいる。淡い黄色の衛星は、富士山のようにそびえる高い山の近くに明るく輝いていた。緑色の衛星は、木々が生いしげる森の上に輝き、よりいっそう緑をひきたてている。ブルーグレー色の衛星は、水平線の近くで、青白く美しい光を放っていた。それぞれの光がおりなす、とても幻想的な夜空が広がっている。

美織は息を飲み、自分たちが作りだした星々に見入っていた。

「あの高い山が見える方角が東で、森が見えている方角が南、そして水平線——つまりYAO惑星の海が見えている方角が西だよ」

黒星先生が指さす方角に全員が目を向ける。ブルーグレー色の衛星に照らされて、水平線がキラキラと輝いていた。

パパがこの景色を見たら、なんて言うだろう？　きっとパパだって、こんなにすごい星を見たことがないよね！

この感動が、パパにも届きますように——ママを笑顔にできますように——美織は心の底から、そう願わずにはいられなかった。

「本当にきれいね……」

由衣がため息をもらしながら言った。

「これって夢なのかな？　全員で同じ夢を見てるとか？」

岳もぼうぜんとしながら、海の方をながめている。

「夢じゃない。これが、もう一つの現実——バーチャルリアリティーだよ。僕の素晴らしい頭

脳が生みだした、最高のシステムさ！　実験段階でこれだけリアルに再現できれば、上出来だ」

自分をベタ褒めして、黒星先生は腕を組みながら満足げに笑っていた。

「先生、あっちの海に移動しようよ。どんな感じか見てみたい！」

岳は、ＹＡＯ惑星の海に興味しんしんだった。

「そうだな。でも、さすがに歩いていくには遠すぎるから、ちょっと移動ツールを使ってみるか。うまく動いてくれるといいが……」

黒星先生は、リモートコントローラーのボタンをおした。

すると、目の前の景色がメリーゴーラウンドに乗ったようにグルグルと回りだす。その回転はだんだんと速くなり、美織たちの体は宙にうかび上がった。下には、台風のような大きな渦が現れ、そこへ体がすいこまれていく。

また、下へ落ちていく！

美織たちはギュッと目を閉じ、体が下へ下へと引っ張られるのを感じた。

目を開けたときには、Ｅグループのメンバーは海を見下ろせる岸壁の上に立っていた。

「おぉ！　これが瞬間移動ってやつか！　映画みたいだ！」

岳はおどろいて大きな声でさけんだ。

美織と由衣は、おどろき過ぎてポカンと口を開けていた。そして、目の前に広がる紺色の海には、さらにおどろかされた。

地球とは、波の動きがちがう！

ＹＡＯ惑星の海は、グルグルと渦巻く波があちこちにできていた。渦巻き模様の波は、たがいにぶつかり合いながら、ゆらゆらとゆれている。その様子は、まるで波という生き物が躍っているように見えた。

「これは素晴らしい！　なかなかユニークな海が、できあがってるじゃないか！　君たちの惑星はオリジナリティーにあふれているね。衛星が三つもあるから、その影響を受けて、波が不思議な動きをしているのかもしれない」

黒星先生は、ひとりで納得したようにうなずいている。

「こんな海で泳いだら、おもしろそうだな！」

岳は海に入りたくて、うずうずしているようだ。

「いや、こんな海で泳いだら――すぐにおぼれるだろうから、オススメはしないな」

黒星先生が、さらりと岳の要求を却下した。

美織（みおり）は、見たこともない不思議な海をぼんやりとながめていた。海からふく風は、ほんのり潮（しお）の香（かお）りがする。この海も、きっと地球と同じように、しょっぱいのだろうと考えていた。もう少し海を見下ろせるところまで行こうと、岸壁（がんぺき）の先の方へ歩いていく。すると足元から、ズッ、ズズッズズーッと何かがはうような——大きな音が近づいてきた。

「先生！　これなんの音？」

美織はあわててみんなのいる場所に引き返し、黒星先生（くろぼしせんせい）の白衣をつかんだ。岳（たける）も由衣（ゆい）も身がまえて、音のする方へ耳をすます。その不気味な音は、岸壁の下から聞こえてきた。どうやら、岸壁を何かがはい上がっているようだ。

「ここは君たちが作ったＹＡＯ（ヤオ）惑星（わくせい）だからね。何が出てくるかなんて……僕（ぼく）にもわからないさ！　とにかくだ……何かがこちらに向かってきているのは、まちがいないね」

さすがの黒星先生も苦笑いをうかべていた。それを見て、三人は不安そうな顔をする。Ｅグループのメンバーは、岸壁の先を見つめながら後ずさりした。

ズッズズズズ……。

地をはうような低音はどんどん近づいてくる。そう思った瞬間（しゅんかん）、岸壁の先から何かが一気にはい上がってきた。それは、ゾウほどの大きさもある巨大（きょだい）なダンゴムシのような生き物だった。鎧のような殻におおわれた体から、無数の足がもぞもぞと動いている。それを見て、全員が恐怖のあまり声も出せずに固まった。その巨大ダンゴムシは大きな音をたてながら、Eグループのメンバーの方へどんどん近づいてくる。

「よし、逃げるぞ！」

黒星先生が大きな声でさけぶと、美織たちは飛び上がるように走りだした。坂をくだり、ゴツゴツとした岩肌をかけぬける。もっと速く走ろうと思っていても、なんだか足がういたようにフワフワして、うまく走れない。すると、巨大なダンゴムシはくるりと丸まって、そのままEグループのメンバーをめがけて斜面を転がってくる。

うそでしょ？　ありえない！

パニックになりながら、美織たちは必死で走り続けた。

後ろからは、勢いよく巨大ダンゴムシが転がってくる。

これって……怪獣映画並みのシチュエーション！

怖さのあまり、笑いがこみあげてくる。どこをどう走っているのか、まったくわからなくなった。

「こっちだ！　右へ曲がれ！」

黒星先生のさけび声を聞き、美織たちは反射的に右へ曲がった。ちょうど岩にかくれるようにして美織、岳、由衣の順番でたおれこむ。ゴゴゴーッとものすごい音をたてて、岩のすぐそばを巨大ダンゴムシが勢いよく転がりさっていった。三人は息を切らし、震えながら岩にしがみついていた。

「死ぬかと思った――」

岳が大の字になって岩の上に寝転がった。美織と由衣は体を震わせながら、まだ笑いが止まらなかった。

「さすがは、Ｅグループのメンバーだ。逃げ足だけは、最高に速いね！　それにしても、この惑星にはもう生命が誕生しているのか？　おどろいたよ」

そう言いながら、黒星先生はリモートコントローラーのデータパネルを確認した。

「ふむ、なるほど……この惑星はなかなかいい環境を保っているようだね。僕のように天才的な頭脳を持った生き物は、さすがにいないだろうが、先ほどのような節足動物なら他にもいるかもしれないな。これは、なかなかスリリングだね！」

黒星先生はうれしそうに笑っている。美織は目を見開いて、先生の白衣をつかんだ。

「他にも、あんな巨大な生き物が……いるかもしれないって言うんですか？」

「その可能性はあるね」

「また、さっきみたいに追いかけられたら、どうするんですか？」

「そうなったら、逃げるしかないだろうね。まさか、美織は怖いって言うのかい？」

「え？　そ、それは……」

図星をつかれ、美織は素直に怖いと言えなくなってしまった。それは、岳と由衣にとっても同じらしい。

「この星を作ったのは君たちだから、どんな生き物が生息していようとも、この目で確かめておかないとね！　さぁ、気を取り直して先に進もう！」

黒星先生は、やる気満々でサッと立ち上がる。三人は恐る恐る、黒星先生のそばに集まった。

「さて、次はどこへ行こうか？　どこか行ってみたい場所はあるかい？　東西南北、どこでも好きな方角へ行けるからね！」

そう聞かれても、三人とも言葉が出なかった。また巨大な生き物に出会うかもしれないと思うと、恐ろしくて行きたい場所など思いつかない。

「遠慮しなくてもいいんだぞ。例えば……おっ！　この場所なら、おもしろいかもしれないな」

データパネルを確認しながら、黒星先生がひとりで喜んでいる。

「よし、君たちがどこへ行くのか決められないなら、とりあえず僕のオススメの場所へ行ってみよう！」

黒星先生は、はりきってリモートコントローラーのボタンをおした。

とたんに、周りの景色がグルグルと回り始める。地面がぐらりとゆれ、美織たちは体がうき上がるのを感じた。そして、すいこまれるように瞬間移動へ身をまかせた。


気がつくと、美織たちは雪の上に降り立っていた。ひんやりとした冷たい空気が、体中を包み始める。目の前はどこまでも続く、真っ白な雪の平原だった。

「寒い……！　いくらなんでも、ここは寒すぎるよ！　やっぱ一年中、海で泳げる惑星がいい。寒い場所は必要ないって！」

岳は、その場で足ぶみしながら、なんとか寒さをしのごうとしていた。岳、美織、由衣は真夏の服装なのだ。

「確かに……この格好じゃ、寒すぎるよね。風邪ひいちゃうわ」

由衣も、細い腕をかかえながら震えている。

美織は自分のはく息が白くなるのを見て、何もしゃべりたくない気分だった。

「君たち、何を言ってるんだ？　僕が子どもの頃なんて冬でも薄着だったし、思いっきり腕と足を出して走り回っていたぞ。さぁ、気合いを入れて冒険に出かけよう！」

ひとり元気な黒星先生は、はりきって雪の中を歩き始めた。先生の服装は白衣をはおり、その下にTシャツ、ちょっと丈が足りていない短めのズボン、足元には水玉模様のくつ下をはいている。どう見ても、Eグループの中で一番あったかそうな格好だった。

「やっぱり一面銀世界というのはロマンを感じるね。中野先生も誘えば良かったな」

のんきにそんなことを言いながら、黒星先生はどんどん前へ進んでいく。しかたがないので、美織たちはブルブルと震えながら先生の後を追いかけた。

目の前には、のっぺりと何もない雪景色が広がっていた。山もなく木も生えていないため、こおりそうな冷たい風から身をかくす場所もない。寒さと、さびしさだけが感じられる場所だった。

「ここには、何もなさそうだよね……こんな場所じゃつまらないし、もう他の場所に移動してもいいんじゃない？」

美織は前を歩いている黒星先生に提案した。岳と由衣も首を縦にふりながら賛成している。

「いや、ちょっと気になるデータがあるんだ。もう少し進んでみよう」

黒星先生はリモートコントローラーの画面を見ながら、さらに前へと進んでいく。美織、岳、由衣の三人は真っ白いため息を同時につき、しぶしぶ先生の後についていった。

「よし、このあたりかな？　この地点から強力な磁場（じば）が感じられるんだ。ここなら、ひょっとすると――おもしろいものが見られるかもしれない」

データパネルを確認（かくにん）したのち、黒星先生は空を見上げた。

美織も両腕をさすりながら上を向いた。寒さのせいか、先ほどよりも夜空が暗く感じられ、そこにうかぶ星々はさらに輝（かがや）きを増（ま）しているように見えた。自分のはく白い息が、真っ暗な夜空へすいこまれるように消えていく。すると、夜空に一瞬（いっしゅん）、緑色の閃光（せんこう）が走った。

「今のは……何？」

美織はおどろいて夜空を見つめた。しばらくすると、また上空に立ちのぼる光が見えた。

「もしかして、緑色の雷（かみなり）？」

由衣は、不安そうな声を出す。

しだいに、その不思議な光は、激（はげ）しく夜空を動き始めた。

その光はまるで――緑色に輝く龍（りゅう）があちこちから現（あらわ）れて、天空をかけぬけていくように見えた。光の龍たちはキラキラと輝きながら、うねるように夜空を飛んでいる。そしてたがいにぶつかり合いながら、はじけるように緑色の光をさらに輝かせていた。

またたく間に――緑色の光は、龍から天空をおおうカーテンのように変化した。色も、緑色から紫色へと変わっていく。緑と紫がとけ合うグラデーションカラーのカーテンが、頭の上で大きくゆれている。そのカーテンをくぐるように、また新たな光の龍がどこからともなく現れた。緑色に輝きながら、龍が光のうねりを作っていく――そんな風に見える不思議な光は、たちまち夜空いっぱいに広がり始めたのだ。真っ白だった平原は、とても美しい景色へと変わっていた。

「あれは、ＹＡＯ惑星のオーロラだよ。僕もこんなに美しいオーロラを見るのは初めてだ」

黒星先生が、両手を上に広げてうれしそうに笑った。

岳は喜んで、オーロラを見上げながら走り回っている。すっかり寒さを忘れてしまったようだ。

由衣も、うっとりしながらオーロラに見とれていた。魔法がかけられたように、色あざやかな光が夜空に輝いている。この世のものとは思えないほど、美しい光景だった。

美織は先生のマネをして、両手を上に広げながらオーロラの光を見上げた。まるで自分が絵本の中に入りこみ、自由に空をかけぬける妖精になったような気がした。

パパ、見えてる？　ＹＡＯ惑星のオーロラだよ。なんだか夢みたい……私たちが作った惑星で、こんなに素敵なオーロラを見るなんて……パパやママにも見せてあげたい。

美織はすっかりオーロラの世界に酔いしれていた。

そのうち、夢から覚めるように――緑色に輝く龍のようなオーロラは、まぶしく輝いたかと思うと、やがて暗闇の中にとけこむように消えていった。

「どうだい？　何もない場所じゃなかっただろ？　寒さだってふき飛んでしまうようなステキな場所だ」

得意げな顔をして黒星先生がニヤリと笑う。

「うん、ホントに……とってもきれいだった」

美織は素直にうなずいた。

「何もないと思うようなことでも、しっかりじっくり観察すれば、何かを発見できるかもしれない。こう考えるのが、僕のような天才になる秘訣だよ！　さぁ、ショータイムが終わったところで……今度はこごえた体をいやすために、温かい場所へ移動しよう」

黒星先生が、うれしそうにリモートコントローラーのボタンをおした。

周りの景色が回り始めると、息つく暇もなく――美織たちの体は瞬間移動を始めた。

じわっと汗がふきだしてきそうな、蒸し暑い空気が顔にふれるのを感じた。

美織たちは、うっそうと生いしげるジャングルのような森の中に立っていた。上空には、緑色の衛星が光り輝いて、森の中を照らしている。ジャングルの中の植物たちは、やはりどれも大きいものばかりだった。Ｅグループのメンバーは、どんどん森の中を進み始める。

これだけ、たくさんの花や葉っぱがあったら、また巨大な生き物に会いそうね……。

背筋がゾッとするのを感じながら、美織は大きなツタをまたいで歩いた。さきほどの寒さとはうらはらに……少し歩いただけでドッと汗が流れてくる。蒸し暑い森の中をさまよい続けると、すぐにのどもカラカラになってきた。

「先生、ちょっと休もうよ。急に暑いとバテちゃうわ」

美織は黒星先生の白衣を引っ張った。

「まったく、君たちは寒いと言ったり、暑いと言ったり我慢が足りないね。そんなことじゃ、りっぱな探検家……いや研究者にはなれないぞ？」

そう言いながらふり向くと、黒星先生の顔も汗まみれだった。

「でも、のどがカラカラだよ……」

「私も……」

岳(たける)と由衣(ゆい)も、その場に座(すわ)りこんだ。

「しかたがないな。では、何か飲めそうなものを探(さが)そう」

黒星先生(くろぼしせんせい)はデータパネルを確認(かくにん)しながら、周辺にある植物を調査(ちょうさ)し始めた。周りには、派手(はで)な色合いの巨大(きょだい)な花や、曲がりくねった不思議な形の葉っぱ、トゲだらけの草、みたらし団子(だんご)のような実など、見たこともない様々な植物が生えている。

「おお、この草が良さそうだ。茎(くき)にたっぷりと水をためこんでいる」

そう言うと、黒星先生は、ひょうたんのような形をした茎に近づいた。そして、地面から先のとがった小枝(こえだ)をひろい、その小枝をひょうたんのようにふくらんでいる茎に思いっきりつきさした。そのとたん、茎の中からザザーッと水が流れてきた。

「そんなの飲んで大丈夫(だいじょうぶ)なの？」

美織(みおり)は不安そうに黒星先生を見つめた。

「大丈夫。心配いらないさ！　試(ため)しに僕(ぼく)が飲んでみよう」

黒星先生は、大きく口を開け、茎の中から流れてくる水をごくごくと飲み始める。その飲みっぷりは、とてもおいしそうだった。それを見ていると、美織たちはよけいにのどがかわいてきた。

「無味無臭でとても新鮮な水だよ。ほら、君たちも飲んでごらん」

黒星先生が手招きすると、岳は一番にかけよっていく。茎から流れ落ちる水を、岳はダイナミックに飲み始めた。

「あー！　生き返った！　意外と冷たくておいしいな」

岳がそう言うのを聞き、恐る恐る、美織と由衣も順番に飲みにいく。

流れ落ちる水を両手ですくい、そっと口をつけてみる。美織はその水を飲みこむと、本当においしく感じることにおどろいた。

「先生……のどがうるおったら、腹へってきたよ。何か食べられる植物ってない？　何かおいしいものを食べてみたい！」

岳が調子にのって、そんなことを言いだした。

「そうだな……食べられるような植物もあるとは思うが……なにしろ、ここはＹＡＯ惑星だからね。どんな植物が生えているかわからない。水くらいなら、このデータパネルでも認識できるが、それ以外はどうかな？」

黒星先生も半信半疑のまま、データパネルを検索し始める。岳は期待をこめて、横から先生のパネルをのぞきこんだ。

「おっ！　予想していた以上に、この惑星には良さそうな植物があるようだね。果物らしきものが生えている場所がある。水と糖分、ビタミンやミネラルも多そうだ。よーし、それでは今から、ＹＡＯ惑星のフルーツ狩りへ出かけるぞ！」

データパネルから顔を上げ、黒星先生がニカッと笑った。

黒星先生を先頭に、美織たちは再び森の中を歩き始めた。森の中はミントのようにスーッとしたにおいがしたり、お酢のような酸っぱいにおいがしたり、歩くたびにいろんな香りがただよってくる。

そして世にも奇妙な植物たちが、ところせましと生えていた。虹のように七色に輝く、見上げるほど巨大な草。黒星先生の背丈よりも大きい、口を開けたワニのような花。ニシキヘビのように太くてくねくねしたツル。そんな植物たちを横切り、どんどん森の奥へと進んでいく。

やがて、Ｅグループのメンバーは、森の中にある少し開けた場所にたどり着いた。そこには、ガラス玉のように透明で丸い実をつけている草が何本か生えていた。その実は意外と小さく、手のひらほどの大きさだった。近くで見ると、中にはキラキラと輝くものが入っている。

「とりあえず、この実から試してみることにしよう」

黒星先生が透明の実を一つもぎ取った。そして、薄い透明の皮をていねいにむき、ガブリと

その実を食べ始める。とたんに、黒星先生の顔はおどろきの表情に変わった。

「これはうまい！　君たちも食べてごらん！　けっこう歩いたから、またのどがかわいているだろう？　この実はちょうどいいぞ」

黒星先生はおいしそうに透明の実を食べ続ける。

先生を見習って、美織たちも透明の実をもぎ取った。そして薄い皮をむき、キラキラと輝く丸い実を一口かじってみる。すると、ひんやりと冷たい氷が、口の中にシャリシャリと広がっていった。その実はまるで……あまい蜜がかかった、かき氷だった。

「すごくおいしい！　冷たくて生き返る！」

三人とも、透明の実を食べることに夢中になった。冷たい氷の実は、汗だくだった体を一瞬にして冷やしてくれる。岳は早くも二個目にかじりついていた。

「こっちにも、またぬずらしい実がなっているな」

黒星先生はデータパネルを確認しながら、地面に生えている草に近よっていく。そこにはトゲだらけの丸い実がなっていた。大きさは、ちょうどスイカくらいのサイズだった。

先生は近くに落ちている大きな石を持ち上げ、その石でトゲトゲした実をたたき割った。中からは、ピンポン玉くらいの白い種がゴロゴロと飛びだしてきた。その種を一つつかみ、黒星先生は大きく開けた口の中へ放りこむ。もぐもぐと口を動かし、とっても幸せそうな顔をする。

「ふむ、これも……なかなか、いけるじゃないか。おいしいデザートだ」

それを見て、美織たちも先生のそばへかけよった。そして、すばやく種をつかみ、口の中でかみしめる。種の中からトロリとした、あまいものが口いっぱいに広がった。それは、なめらかな、とろけるプリンを食べているような食感だった。

「こんなに、おいしいものがたくさん生えてるなんて……ＹＡＯ惑星も、なかなかやるよな！」

岳はすっかり上機嫌だった。美織と由衣も口を動かしながら、うなずいている。三人とも、ＹＡＯ惑星の食べ物に魅了されていた。

その後も、シュワシュワとソーダ味のあめ玉みたいな種、キャラメルのようにやわらかい木の実、チョコレートのようにあまい豆など、いろんなものを食べてみた。どれも想像以上においしく、不思議な体験だった。

そのうちに、もっとおいしい植物がないかと、岳はあたりを探し始めた。黒星先生たちからはなれ、一人であちこち歩き回っている。

「おっ！　こっちから、とってもあまいにおいがする……」

その香りに誘われるように、岳はそのまま森の奥へと入っていった。

「ちょっと、岳！　勝手に行動したら危険じゃない！　もどりなよ」

美織はフラフラと森に入っていく岳に気づき、その後を追いかけた。すると美織の周りにも、ふわりふわりと、あまくておいしそうなにおいがただよってくる。

なんだろう？　これ、すごくいい香り……。

気がつくと――その香りに導かれるようにして、二人はさらに森の奥へと進んでいた。前へ進むたびに、あまくてこうばしい香りはどんどん強くなってくる。

しばらくして、目の前に見上げるほど大きな白い花を発見した。あまくていい香りは、この花からただよってくる。よく見ると、花の中央に丸いお皿の形をした雌しべがあった。そのお皿の中にはハチミツのような黄金色の蜜がたっぷり入っているのだ。あふれだした蜜は、とろけるようにしたたたっている。

「うまそう……」

岳は花に近づいていく。

「岳……やめときなよ。先生にちゃんと食べられるかどうか、調べてもらわないと！　勝手に食べちゃダメだって！」

美織の忠告も聞かず、岳はどんどん花の方へ近よった。

花の目の前まで来ると、岳はそっと手をのばす。そして指で蜜をすくい取ろうとした――そのとき。

「さわっちゃダメだー！」

黒星先生のさけび声にビクッとして、岳は手をひっこめた。その瞬間、白い花はバサッと大きな音をたてて閉じたかと思うと、まるで口を動かすようにむしゃむしゃと花びらを動かしていた。その異様な光景に、岳と美織は恐ろしくなってその場にこおりついた。

「今すぐ、そこからはなれるんだ！　それは、巨大化した食虫植物だよ！　すごく危険なんだ！」

黒星先生が由衣といっしょに息を切らしながら走ってくる。先生は、すばやく岳と美織の腕をつかむと自分の方へ引きよせた。

「いいかい？　植物にはいろんな種類があって、僕たちが食べられるものもあれば、毒を持っているものもある。そして、地球では小さな虫を食べて栄養分にする『食虫植物』という種類があるんだが……どうやら、このＹＡＯ惑星にも食虫植物が存在しているようだ。しかも、それらがすべて巨大化しているから、僕たちがその虫だと思われてしまう。ようするに、この花は『人食い花』だよ！　あまい蜜で生き物をおびきよせて、蜜にふれた瞬間に、その生き物を食べてしまう。見ててごらん」

黒星先生は、
足元に落ちていた太い枝を
かかえ上げた。
その枝の太さは、
先生の足くらいあった。
そばに咲いているもう
一つの白い花に近づき、
その枝を花の雌しべに
向かって投げつける。
バサッ！
巨大な白い花は、
枝を飲みこむように
一瞬で閉じた。
そして、花びらを
唇のように動かして、

バリバリ音をたてながら太い枝を打ちくだいていった。

もし、あの花につかまっていたら今ごろ……。

そう考えると、美織は血の気が引くのを感じた。

「どうだい？　楽しいことと危険なことは、となり合わせなんだ。自分たちが作ったYAO惑星で死んだらどうする？　あまり勝手な行動はしないこと！　いいね？」

黒星先生に言われ、岳は、だまったままうなずいていた。さすがに少し反省しているようだ。

美織はというと、黒星先生の言葉がみょうに引っかかっていた。

この惑星は仮想の世界なんだよね？　本当に死ぬことなんてあるの？

一瞬、美織は黒星先生に質問しようかどうか迷っていた。

でも、黒星先生の言うことだし……また、いつもの冗談だよね。いちいち気にしなくても大丈夫……美織はそう考えた。

「よし！　では――食虫植物に食べられてしまう前に、さっさと次の場所へ移動することにしよう！　今度は、高い山がそびえるステキな場所だ」

黒星先生は、急いでリモートコントローラーのボタンをおした。美織たちは深呼吸してから、ゆっくりと目を閉じ、体が移動していくのを感じた。

9　大きな山

目を開けて空を見上げると、高い山の近くに輝いていた淡い黄色の衛星は、少し山よりに移動していた。今、美織たちが立っている場所は、山のふもとにある草原だった。草原と言っても、草の高さは美織の肩ほどまである。それでも、初めに着いた草のジャングルよりは見晴らしが良く、ずいぶんと歩きやすかった。サラサラと髪の毛のようなやわらかい草原をぬけ、Eグループのメンバーは山がよく見える場所へと移動した。

「やっぱり山はいいね。こんなに高い山があるなんて魅力的な惑星だ。ぜひとも登ってみたいものだよ！」

黒星先生は腕を組みながら、しみじみと言った。

「先生、登山が趣味なんですか？」

岳は先生の言葉に興味をひかれて質問した。

「いや、登ったことはないのだがね。山を見ると、山に登りたくなる気持ちはわかるよ」

「じゃあ、なんで登らないんですか？」

由衣は、不思議そうな顔をする。

「なぜ、山に登るのか？　そこに山があるから――では、僕の理論が成り立たない。もっと特別な理由ができたときに登ろうと思ってるんだ」

黒星先生が、胸を張って説明する。

それって、ただの言いわけだよね。実際に登るのは大変そう……ってことでしょ？

美織は心の中で、黒星先生につっこみを入れていた。

「それにしても……山があるというだけで、とても気持ちが落ち着くと思わないかい？　今まで見た景色よりも地球に似ている感じがするからね。満月がうかぶ富士山という風景だ。思わずカメラを向けたくなる……あっ、そうだ！」

ひとり満足そうにしゃべっていたかと思うと、黒星先生は白衣のポケットから小型のカメラを取りだした。

「僕は……これを持っていたんだった。すっかり忘れていたよ！　よーし……せっかくだから、この景色とともに、みんなで記念写真を撮ることにしよう！　ちょっと手ごろな枝を探すのを手伝ってくれ」

黒星先生は、はりきって地面に落ちている太い枝をひろい始めた。

それを見て、美織たちもいっしょになって枝を探し始める。自分たちの足ほどもある太い枝を見つけ、三人はそれをかかえながら先生のところへ持っていく。黒星先生は、その枝をバランス良く組んで、カメラの三脚のようなものを作った。

「よし、これでオッケーだ。では撮影するとしよう。さぁ、みんな並んで！」

黒星先生は、小型カメラを枝で組んだ三脚の上に置いた。

YAO惑星の高い山とその横に輝く淡い黄色の衛星を背景に、美織たちは横一列になって並んだ。カメラのタイマーをセットして、黒星先生がいそいそと美織たちのそばへやってくる。

「ハイ、チーズ！」

チカッとカメラが光り、記念すべき一枚目の写真が撮れた。黒星先生は、急いでカメラのもとへもどり、もう一度タイマーをセットする。

「念のため、もう一枚撮っておこう」

黒星先生はニコニコしながら、美織たちのそばへ再びもどってきた。カメラを見つめ、タイマーが点滅しているのをじっと見守っている。そして、ピースサインをしながら、ニッコリほほえんだ――ちょうど、そのとき。

ゴゴゴゴーッとお腹にひびくような、ものすごい低音があたりに鳴りひびいた。地面が割れるような、すさまじい轟音にEグループのメンバーは飛び上がっておどろき、あたりを見わたした。

「なに？　なんの音？」

美織は、嫌(いや)な予感がするのを感じた。ゴゴゴゴーッと再び、地の底からわき上がるような恐(おそ)ろしい音がひびきわたる。後ろをふり返ると、美織は目を見開いて絶句(ぜっく)した。先ほどまで静かだった高い山のてっぺんから、もくもくと煙(けむり)が上がっているのだ。

「これって……ひょっとして――」

由衣(ゆい)が震(ふる)えながら、途中(とちゅう)で言葉を切った。

「噴火(ふんか)だ！　あの山は……火山だったのか！　そうか、しまった……このＹＡＯ惑星は、まだできたばかりの星なんだ。つまり、これから大地がどんどん変化して、星がさらに成長していく途中なんだよ。だから、火山活動が活発になっている――これは、まずい！」

黒星先生が、めずらしくうろたえていた。

「まずいって、どういうこと？　先生！　ここが危険(きけん)なら、とりあえず今すぐ移動(いどう)しよう！」

岳(たける)がすかさず言った。次の瞬間(しゅんかん)、大地がゆれるのを感じて、恐怖(きょうふ)で思わず全員がしゃがみこんだ。

「そうよ！　先生、今すぐ瞬間移動して！」

美織も先生の腕(うで)をつかんでさけんだ。

「他の場所も安全とは限らないが……そうだな、とにかく移動してみよう」

自信なさげに言うと、黒星先生がリモートコントローラーのボタンをおした。美織たちは震えながら、ギュッと目を閉じる。しかし——瞬間移動はおろか、何も起こらなかった。

「どうなってるの？」

由衣が心配そうに黒星先生の顔をのぞきこむ。

「わからない……急に瞬間移動のボタンが反応しなくなった。まさかの、このタイミングでこわれたらしい……」

黒星先生の顔に笑顔はなかった。

「もう一回やってみようよ！　先生、早く！　もう一回！」

岳があせりながら必死にうったえる。黒星先生はうなずき、もう一度ボタンをおした。けれどやはり、まったく反応がなかった。全員が言葉もなく、だまりこんでしまった。

「これから、どうすればいいの？　ねぇ、先生……この世界は……ＹＡＯ惑星は仮想の世界なんでしょ？　私たち、助かるよね？　まさか死んだりしないよね？」

美織は我慢できずに、自分の気持ちをはきだした。

「残念ながら……この世界は——もう一つの現実なんだ。今、この瞬間、ここに生きている。

そして、僕らが今しなければならないことは――瞬間移動が無理なら、原始的な方法で逃げるしかない。ようするに……走れ！　今すぐ、山から遠くはなれた場所へ走るんだ！」

そうさけびながら、黒星先生は立ち上がった。その瞬間、まるで電気が走ったように美織たちも立ち上がり、無我夢中で走りだした。

もう一つの現実ってどういうこと――？

その意味もわからないまま、美織は力の限り走り続けた。もう何がどうなっているのか、わからない。とにかく前へ――前へ進まないと！

後ろから大きな爆発音が聞こえ、山から煙のかたまりがふきだした。山が怒り狂ったように大地へエネルギーを放出している。ＹＡＯ惑星は、今まさに成長しているのだった。

岳、由衣、美織、黒星先生の順番で山を背に必死で草原をかけぬける。ゴォォォーという地鳴りがたえまなく続き、後ろからミシミシと木がなぎたおされる音がひびいてくる。想像したくはないが、きっと山からふきだした何かが地表に流れてきているにちがいない。背筋がこおるような思いで、全員が走り続けた。

必死で走り続けていると、Ｅグループのメンバーは草原をぬけ、黄色い花が咲く花畑に出た。ヒマワリのような大きい花が地面をはうように咲いている。まるで花柄のじゅうたんのように、美しい場所だった。その花をふみ荒らすのは気が引けたが、今はそんなことを言っていられる状況じゃない。美織たちは、どんどん花畑をつっ切り始めた。

すると、花をふむたびに、ツーンとした香りがあたりにただよってくる。そのにおいは、美織の苦手な——あの薬品のにおいに似ていた。

あ……このにおい……。

美織がそう思った瞬間、頭の中にドクドクと心臓の音が聞こえ始めた。

まだ……どうしよう？　まさか、こんなときに——？

美織は冷や汗をかいていた。走っている足が少しずつ鈍くなってくる。目の前がじょじょに白い霧でおおわれ、地面をふみしめる感覚がなくなった。そのうちに、周りの音がだんだんと消えていく。体に力が入らなくなって、がくりとひざをつき、美織はその場にたおれこんでしまった。

美織はたった一人で、霧の中にぽつんと立っていた。

周りは真っ白い霧におおわれて何も見えない。しばらくさまよっていると、霧の中でかすかにパパの背中が見えた。

パパ？　パパ……待って、行かないで！

美織がさけんでも、パパはどんどん霧の中へと消えていく。

パパ……お願いだから、どこにも行かないで！　私をおいて行かないで！

霧の中で、美織はパパの背中をつかもうと必死になって手をのばした。でも、美織の手は空を切るだけで届かない。

パパ、どうして行ってしまうの？　どうして？

目の前にかすんでいくパパを追いかけるように、懸命にもがきながら進んでいく。けれど、もがけばもがくほど、どんどんパパが見えなくなっていった。

ひどいよ……私をおいていくなんて。消えてしまうなんて。

パパなんて……パパなんて――大嫌い！

そうさけび、美織は顔をおおって泣きだした。悲しくて悲しくて、どうしようもないくらい涙があふれてくる。そのとき、耳元でかすかに自分をよぶ声が聞こえてきた。

「美織、しっかりしろ！　このままじゃ……君を助けられない。しっかりするんだ！」

聞きなれた声が、美織をよびもどす。

だれ？　だれかいるの――？

美織はあたりを見わたした。どんどん霧が濃くなって、真っ白な世界に飲みこまれていく。

それでも、白い霧をふりはらうように、美織は必死になって手をのばす。その瞬間、指がだれかの手にふれた。その手は――とても温かかった。

「いいか？　よく聞くんだ！　このにおい……薬品のようなにおいをかぐと、君はお父さんが亡くなった病院を思いだしてしまう。トラウマになってるんだ。その原因は――君がお父さんのことを、心のどこかで否定し続けているからだ！」

パパのことを？　私が……否定している？

「そうだ、美織！　ブラックホール……ブラックホールを思いだせ！　死んでしまった星だけど、それは目に見えないだけで、確かにそこに存在しているんだ。そして、とてつもない重力で、周りの星々をひきつけている。君のお父さんも目に見えないだけで、ちゃんと美織の中にいるんだ！　美織に、とてつもない影響力をあたえながら存在している。そして君は――お父さんの存在を感じて、そこへひきつけられる自分を知っているんだ。でも、きっと……それが怖いんだよ！　お父さんのような天文学者になりたい――けれど、お父さんがいない悲しみと不安で、それを否定してしまうんだ。美織、大丈夫だ！　君なら、きっとできる！　お父さんのように夢をかなえられるはずだ。だから……たのむから目を覚まして――こっちに、もどってきてくれ！」

パパは目に見えないだけで……私の中に存在している？

私はパパの存在に……ひきつけられている？

そうか、そうだったんだ……。

美織は、自分の中で目を覚ます……もう一人の自分がいることに気がついた。

大丈夫……大丈夫だ。

きっと、できる――私にも、パパみたいに夢をかなえられるはず……。

目の前の霧が、少しずつ晴れていくのがわかった。

「美織ちゃん！　お願いだから目を開けて！　私がついてるから！　大丈夫。私も美織ちゃんといっしょに……美織ちゃんのパパの夢を追いかける！　いっしょにがんばるから！　だからお願い……目を覚まして！」

美織のよく知っている温かい声が、心の中にすっと入りこんできた。それが、氷のように冷たい自分をとかしてくれる……確かに、そう感じていた。美織の中の、もう一人の自分が、しっかりと目を開ける。

「美織！　しっかりしろよ！　俺だって……美織のお父さんが大好きだったんだ！　いつもワクワクするような……宇宙の話を聞かせてくれたから！　だから俺も、宇宙の勉強をしようって思ったんだよ。美織もがんばるんじゃないのか？　こんなところで、たおれてる場合じゃないだろ？　目を覚ませよ！　覚まさなきゃ、おいてくぞ！」

幼い頃から聞きなれた声が、自分をよんでいる。こんなところで、たおれてる場合じゃない
――確かにその通りだ。そう思うと、みんなの声がだんだん……はっきりと聞こえてきた。

「美織！　目を覚ませ！」

黒星先生の声が耳に届き、美織はパッと目を開けた。目の前で、先生が美織の手をにぎりながら必死でさけんでいる。

不思議なことに――自分でも信じられないほど、体の底から力がわいてくるのを感じていた。顔も手も足も――体中にエネルギーがあふれてくる。美織は大きく息をすいこむと、その場に立ち上がることができたのだ。

「美織？　大丈夫なのか？」

黒星先生がおどろいて美織の顔をのぞきこむ。美織は先生の目を見て、しっかりとうなずいた。

「大丈夫……ぜんぜん平気！　それより先生……今すぐ逃げなきゃ！」

美織がそう言うと、

「よし……わかった！　行くぞ！」

黒星先生は、美織の手をひきながら走りだす。岳と由衣も同時にかけだしていた。Ｅグループのメンバーは、花畑を全力でかけぬけていく。

さっきまで、たおれていたとは思えないほど、美織は勢いよく走り続けることができた。走って——走って——このまま、どこまでも走り続けられるほど、美織は身も心も軽くなっていた。こんな風に、体中に力がわいてくるのは初めてだった。希望が、胸いっぱいに広がっていくのを感じた。

岳が、美織たちを追いこし、ものすごいスピードで目の前をかけていく。美織たちは岳に追いつこうと、必死になって走り続けた。もう少しで追いつける——そう思ったとき、岳が急に立ち止まり、不安な顔で美織たちの方をふり返った。

「先生！　もうダメだ……行き止まりだよ！」

岳のそばまで走っていくと、その先は——地面が途切れて崖になっていた。険しく切り立った崖を見下ろして、全員が立ちつくす。そこには恐ろしく深い谷が広がり、谷底は真っ暗闇で何も見えなかった。谷の向こうに陸地と森が見えているが、そこまでは、かなりの距離がある。この谷底を飛びこえるなど、とうてい不可能だった。

見たこともないほど取り乱して、岳は大きな声でさけんだ。

「先生、どうしよう？」

由衣の声は弱々しく震えていた。

全員が山の方をふり返ると、恐ろしい光景が目に飛びこんできた。火山からふきだした溶岩が山から流れ落ち、木々をなぎたおしながら草原へと広がっている。ほんの少し前に撮影した、あのおだやかな景色は一瞬にしてなくなっていた。そして、その溶岩は、刻一刻と美織たちの方へ近づいてくるのだ。

「きっと助かる……あきらめなければ助かるよね？　先生、そうでしょ？」

美織は、自分の口から意外な言葉が出てくることにおどろいた。黒星先生も、少しビックリしたように美織を見つめていた。そして、いつものようにニカッと笑い、手元のデータパネルを確認する。

「美織の言う通りだ。ネバーギブアップ！　あきらめちゃダメだ！　よし、こうなったら、いちかばちか――この谷を飛びこえよう！」

黒星先生が、とんでもないことを言いだした。

「この谷を飛びこえるって？　先生、それ本気？」

岳は目を丸くして言った。

「もちろん、本気だ。君たちが作った……このYAO惑星のデータを信じるならば――この星は地球よりもずいぶんと重力が小さい。だから、君たちならきっと超人的なジャンプ力を発揮できるはずだ！」

黒星先生が、信じられないような説明をする。

「本当に……？　私たちが――ここから、向こう側まで飛べるの？」

由衣も不安そうに念をおす。

「大丈夫！　自分を信じて！　ネバーギブアップ！　あきらめなければ、絶対に飛べるさ。それに……このまま、ここにいても助からない。それなら、挑戦してみる価値はあるだろう？　みんな、覚悟はいいかい？」

黒星先生の言葉は、全員の背中をおした。

こうなったら、やってみるしかない！

覚悟を決めると、Eグループのメンバーは、助走をつけるために少し後ろへ下がった。そのすぐ後ろから、溶岩がドロドロとものすごい勢いでおしよせてくる。

「行くぞ――！」

黒星先生のかけ声とともに、全員が走りだした。崖っぷちギリギリのところでふみ切り、思

いっきりジャンプする。それは——一生忘れられないような瞬間だった。
美織たちは、今まで経験したことがないくらい、体が勢いよく地面からはなれるのを感じた。

一瞬（いっしゅん）、体が空中で止まったかと思うと、そのままブランコから放りだされるように前へ前へと体がのびてゆく。次の瞬間には、向こう側の陸地に着地していたのだ。

「やった！　すごい！　本当に……本当に飛べた！」

美織（みおり）たちは、大声でさけんだ。

すると、ゴォォォーという大きな音をたてて、さきほどおしよせてきた溶岩（ようがん）が谷底へと落ちていく。それは、見ているだけでも恐（おそ）ろしいありさまだった。

「もう少しで、あれに飲みこまれるところだった……」

岳（たける）はぼうぜんとしながら、つぶやいた。美織たちはだまったまま、激（はげ）しく流れ落ちる溶岩を目で追っていた。

「これが……この星が生きている証拠（しょうこ）だよ。こうやって、気が遠くなるような時間をかけながら星が成長し、いつか僕（ぼく）らのように進化した生き物が生まれてくるのかもしれない。すべては、ここから始まっているんだ」

黒星先生（くろぼしせんせい）の話を聞きながら、美織はＹＡＯ（ヤオ）惑星（わくせい）のとてつもないエネルギーを感じていた。

一つの大きな星の上で、自分たちが生きている。

それは――本当に奇跡（きせき）のようなことなんだ……。

言葉では言い表せないほど熱い思いが、美織の胸の中に広がっていった。

「それにしても——みんな、よくがんばったな！　さすがはＥグループのメンバーだ。実のところ……飛びこえられるかどうか、わからなかったのだが——まぁ、終わりよければ、すべてよしだ！　みんな、勇敢だったぞ！」

聞きずてならないセリフをはきながら——黒星先生はパチンと手をたたくと、いつものようにニカッと笑った。

「先生……さっき絶対に飛べるって言ったよね？」

信じられないという顔をしながら、岳が問いただした。美織と由衣も目を見開いている。

「そんなこと言ったかい？」

「絶対に言った！」

黒星先生がとぼけるので、美織と由衣は同時にぴしゃりと言い放った。そして言い終わると、安心して気がぬけたようにドッと笑いがこみあげてきた。

「さてと、ＹＡＯ惑星も活動期に入って不安定になってきたようだから、そろそろもとの世界に帰ろうと思うんだがね……あいにく、このリモートコントローラーの調子が悪くて、帰れなくなってしまってるんだ。どうしたものかな……」

黒星先生が、自分の腕に目を向けた。

「強制終了のボタンってないんですか？」

由衣がデータパネルを見ながら言った。

「それも反応しなくなっているんだ。何かいい方法がないか、考えないといけない」

「もう少し、YAO惑星にいろってことかな？　でも、こっちの大陸でも火山が噴火したら大変なことになるけど……」

岳も、由衣の後ろから心配そうにパネルをのぞきこむ。

「そうだね。確かにそれは困る。早くなんとかしないと……」

黒星先生が悩んでいると、突然、背後に広がる森の奥から不気味な音が聞こえてきた。

ブォォーン！　ブォォーン！　ブォォーン！

はねを震わせているような音が、だんだん大きくなりながら、あたり一帯にひびきわたってくる。

「今度はなに？　なんの音？」

美織はまた、嫌な予感がした。恐る恐る森の方をふり返る。

森の奥から――何かが、こちらに向かって飛んでくるのが見えた。近づいてくると、それは、とてつもなく大きな虫だった。体はトンボのような形をしているが、色は黄色く黒いしま模様が入っている。顔は、恐ろしい蜂にそっくりだった。ブォォーンと激しくはねを鳴らしながら、群れを作って美織たちに近づいてくるのだ。

「なにあれ……？　いくらなんでも、怖すぎる！」

あまりの怖さに、全員かなしばりにあったように身動きが取れなくなった。すると、いきなり——先頭に飛んでいた虫が、黒星先生をめがけてつっこんでくる。

「先生、あぶない！」

美織たちがさけんだ瞬間、黒星先生は背中を虫につかまれて、そのまま空高く連れさられていった。美織たちの頭上を、虫の群れが嵐のように通過し始める。

「うわぁぁぁ！」

美織たちは頭をかかえながら地面にふせた。

虫の群れは、黒星先生を連れたまま谷の上を飛んでいく。しかし、谷の向こう側で火山が噴火していることにおどろいたのか、虫は群れをなしたまま、谷の上をグルグルと飛び回り始めた。

「どうしよう？　先生を助けなくちゃ！」

とっさに地面に落ちていた石をひろい、美織は立ち上がって、その石を虫に向かって投げつけた。それを見て、岳と由衣も同じように石をにぎりしめる。

「先生を返して！」

黒星先生をつかんでいる虫に向かって、美織たちは次々と石を投げ始める。群れをなして飛んでいた虫たちが、バラバラと乱れて谷の上を飛び交っていた。

石は黒星先生のほほをかすめて飛んでいく。先生はパニックになりながら大声でさけんでいた。

「君たち！　僕を助けようと思ってくれるのは、ありがたいがね！　もしも、この虫が僕をはなしてしまったら——僕は谷底へ真っ逆さまに落ちてしまうんだよ！　わかってるかい？　だから落ち着け！　落ち着いてくれ～！」

黒星先生は手足をバタバタさせながら、必死で美織たちによびかける。しかし、その声はブォォォーンという音にかき消され、三人には届いていなかった。

「先生！　今助けるからね！」

そんなこととは、つゆ知らず……美織、由衣、岳の三人は、虫に向かって石を投げ続ける。

「やめるんだ！　君たち！　たのむから、やめてくれ！　ストップ！　ストーップ！」

黒星先生が大あわてで両手を前につきだした。その直後、石が――腕にはめていたリモートコントローラーに直撃した。

ピィィィィ――――――――！

突然、黒星先生の耳に電子音が飛びこんできた。石が当たった衝撃で瞬間移動のボタンが点灯し、再び作動し始めたのだ。それはまさに、奇跡的なできごとだった。

「なんと！　やった！　でかしたぞ！　さすがはEグループのメンバーだ！　やっぱり君たちは、僕の救世主だったよ！」

コロッと態度を変え、黒星先生は大喜びしながらさけんだ。

しかし次の瞬間、今度は石が――先生の背中をつかんでいる虫の足に直撃した。そして、虫が先生の背中をはなしたとたん、黒星先生は真っ逆さまに谷底へと落ちていく。

「黒星先生！」

「あぁぁぁぁぁぁ――！」

黒星先生の悲鳴がひびきわたると、急にあたりが真っ暗になった。

10　合宿最後の日

暗闇の中、美織は体がフワフワと宙にうかんでいるのを感じた。

気がつくと、目の前にはどこまでも続く、はてしない宇宙が広がっている。Eグループのメンバー全員が、宇宙の真ん中にうかんでいた。その中に、黒星先生の姿もあった。

黒星先生、無事だったんだ……。

そう思った瞬間、宇宙にうかぶ星々が美織たちの周りを勢いよく回り始めた。そのまま星々は、頭の上で大きな渦へと変化し始める。それはどんどん明るくなって、キラキラと輝く星の渦ができあがった。そして、その渦は、美織たちをものすごい勢いですいこみ始める。

上へ――上へ引っ張られていく！

勢いに身をまかせ、美織たちは渦の中へ消えていった。

やわらかな布がほほにふれたように感じて、美織はゆっくりと目を開けた。

目の前には由衣の背中が見えている。美織と由衣は、二段ベッドの下の段に横たわっていた。

どうやら二人とも、パジャマに着がえもせず、服のまま眠りこんでしまったようだった。

あれは――夢だったの？

ぼんやりしている頭を働かせながら、美織は必死で考えた。ＹＡＯ惑星で体験した――あまりにもリアルな感覚が体中に残っていて、様々なできごとを鮮明に思いだせる。

まさか……そんなはずがない！

ガバッと起き上がり、美織は急いで由衣を起こした。

「由衣ちゃん！　起きて！」

美織にゆり動かされ、由衣はぼんやりと目を覚ました。

「美織ちゃん……？　おはよう……」

「おはよう。ねぇ、由衣ちゃん！　昨日のこと、覚えてる？」

「昨日……？　えっと……なんだか夢みたいな話だけど……私――ＹＡＯ惑星に行ってたわ……」

「やっぱり！　昨日の夜のできごとは夢なんかじゃないよね？　私たち、確かにＹＡＯ惑星にいたよね？　いつの間に、ここへもどってきたの？　そうだ……岳！　岳にも聞いてみなくちゃ！」

美織は急いでベッドからおりた。美織の言葉を聞いて、由衣もあわてて起き上がる。二人は洗面台（せんめんだい）で顔を洗い（あら）、そのまま観測室（かんそくしつ）を飛びだした。

美織と由衣は中央階段（ちゅうおうかいだん）をかけおりる。ちょうど目の前に、一階のロビーから外へ出ようとしている岳がいた。

「岳！　待って！」

美織の声に気づき、岳はすぐさまふり向いた。そして、勢い（いきお）よく二人のところへ走ってくる。

「おい！　昨日のこと……覚えてるか？」

岳も同じ疑問（ぎもん）をかかえていたらしい。

「みんなで、ＹＡＯ惑星に行ったことでしょ？」

「そう……あれは、夢なんかじゃないよな？」

「夢じゃないわ！　三人とも同じ夢を見るはずないじゃない！　でも目覚めたら、私も由衣ちゃんもベッドの上にいたの」

「俺（おれ）もだよ。目が覚めたら、和室で寝（ね）てたんだ。だから、黒星先生（くろぼしせんせい）に確かめにいこうと思って」

「そうね。確かに……先生に聞くのが一番だわ！　先生どこにいるかな？」

美織が言うと、

「もしかしたら、朝ご飯を食べてるかも。レストランをのぞいてみたらどうかな？」

由衣がすぐさま答える。三人は大急ぎでスペースレストランへ向かった。

美織たちがスペースレストランへ到着すると、おいしそうにパンを食べている黒星先生の姿があった。時間が早かったせいか、他にはまだだれも来ておらず、レストランの中はとても静かだった。

「黒星先生！」

三人は、先生のそばへかけよった。

「やぁ、君たち、おはよう！　今日はやけに早いじゃないか？　合宿最終日ということもあって、少しでも僕といっしょにいたいということかな？」

何ごともなかったかのように、黒星先生はいつも通りの口調で話した。

「先生、私たち……いつの間に帰っていたんですか？　昨日のできごとは夢なんかじゃないですよね？　どうやって自分たちの部屋へもどったの？」

美織がしんけんな顔で質問する。

「何を言ってるんだい？　君たちが、どんな夢を見たのか知らないが——約束は守らないといけないぞ」

黒星先生は軽くウインクしてみせた。

「約束って……？」

由衣がさらに聞き返す。

「君たちが昨日、僕とした約束だよ。『このことは、だれにも話さない』そう約束したから、素晴らしい夢が見られたんだろう？　ちがうかい？」

そうだった……先生の極秘プロジェクトのことを、だれにも話さないと約束するなら、ＹＡＯ惑星に連れていく——そう言われていたんだ。つまり……やっぱり——昨日のできごとは、夢なんかじゃなかった！

美織はそう確信して、力強くうなずいた。

由衣と岳も納得の表情をうかべている。

「さてと、この話をするのは、このくらい

にして……せっかく早起きしたんだから、さっさと朝食をすませて研究を仕上げるぞ！　今日は、七時にコンピューター室へ集合だ！　いいね？」

「え？　七時？　先生、それ早すぎない？」

岳は時計を見てビックリした。七時まで、あと二十分しかない。

「最後のラストスパートが待っているのだよ。Eグループの研究は完璧にしないといけないからね」

黒星先生はサッと立ち上がり、トレーをカウンターへもどしにいく。その後ろから、美織たちは大急ぎで朝食を取りにいった。


あわてて朝食をすませて観測室にもどり、歯をみがいて服を着がえると、美織と由衣は急ぎ足でコンピューター室へ向かった。そこへ、岳が猛ダッシュしてやってきた。どんなに時間がなくても、朝はバナナとヨーグルトを食べないと気がすまないらしく、美織たちがレストランを出るとき、岳はまだ朝食を食べていたのだ。岳は息をはずませながら、美織たちの横に並んで歩きだした。

コンピューター室では、黒星先生がパソコン画面とにらめっこしていた。パソコンの横には、分厚い束になった紙が置かれている。

「君たち、一分遅刻だよ。さぁ、早くここへ座ってくれたまえ。今日はYAO惑星の総仕上げといこう！　君たちが入力したYAO惑星のデータは、すべてメディアにコピーしておいた。このメディアをEグループの自由研究として提出する予定だ。そしてもう一つ、メディアといっしょに提出するもの――それは、YAO惑星についての素晴らしい論文だ。今日は、この論文を書いてもらう！」

黒星先生は、はりきって言った。

「論文？　それって、どうやって書くんですか？」

岳がすばやく質問した。

「君たちが学校で書いている作文と同じでいい。ただし……情熱！　情熱を持って、YAO惑星について自分たちが感じたこと、考えたこと、感動したことなどを書いてくれ。大人が書く本物の論文を書けと言ってるわけじゃないんだ。YAO惑星が、いかに素晴らしい星であるか――ということを情熱を持って書けばいいんだよ。君たちはきっとリアルに、そして正確に、この惑星についていろんなことが書けるだろうからね！」

黒星先生は三人の顔をのぞきこんでニヤリと笑った。

「思うぞんぶん論文が書けるよう……ここに、たくさんの原稿用紙を用意したから、これを全部使い切るつもりで書いてほしい！　素晴らしい論文が仕上がることを期待しているからね。それでは始めてみよう」

美織たちの前に、ドサリと原稿用紙の束が置かれた。

「ええ～！　こんなに書けないよ！」

三人は同時にため息をついた。

「いや、きっと書けるさ。ネバーギブアップ！　何ごとも挑戦してみないとわからないだろう？　それでは僕はこのへんで――いったん失礼するよ。今日はまだ、中野先生といっしょに朝のコーヒーを飲んでいないからね。後でもどってくるから、とりあえず君たちだけでがんばってくれたまえ！」

黒星先生はステップするような足取りで、コンピューター室を出ていった。

自分はコーヒーを飲んで……私たちは論文ってこと？

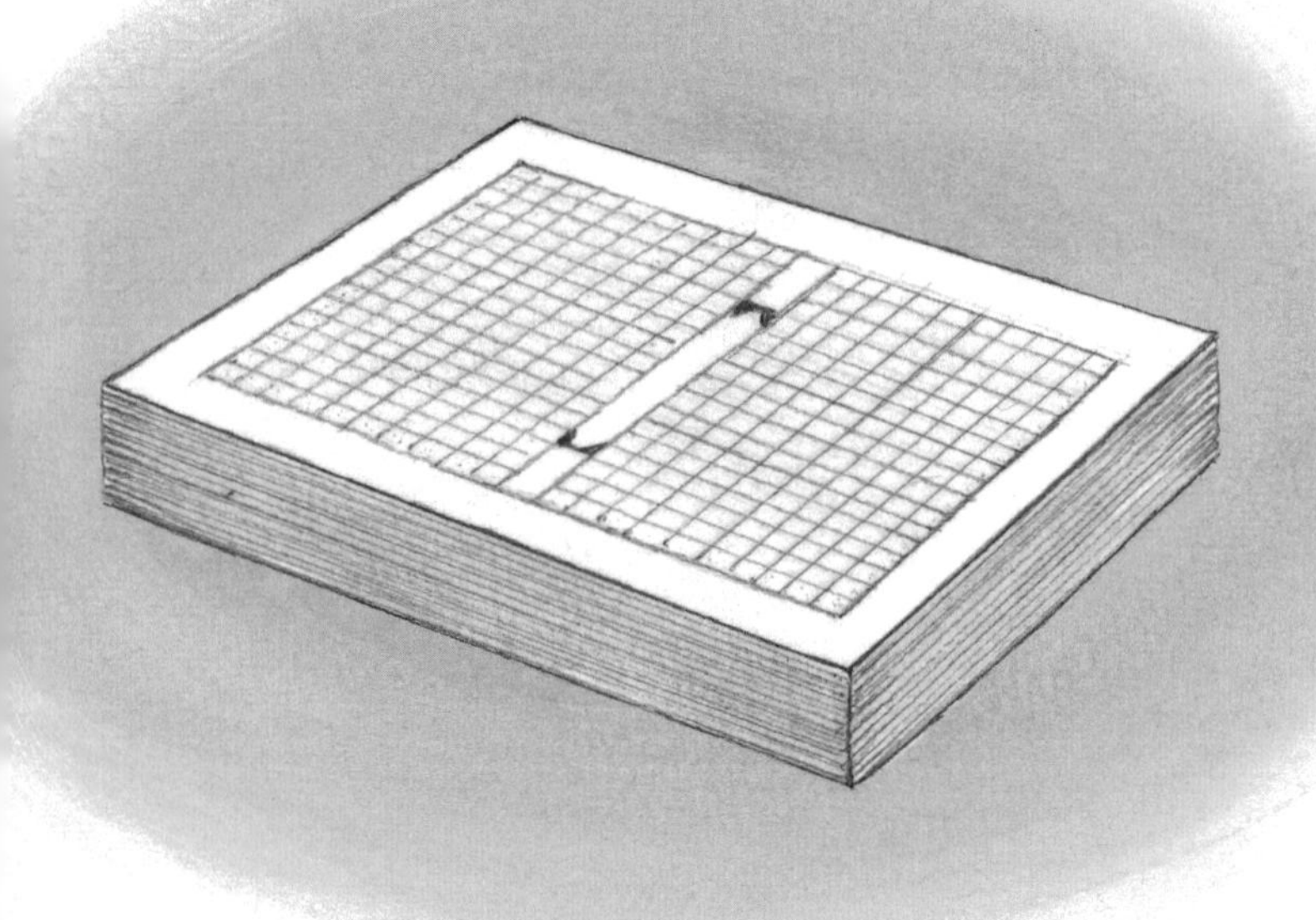

心の中で文句を言うと、美織はしぶしぶ原稿用紙を手に取った。岳と由衣も、美織の横に並んで座り、原稿用紙を目の前に広げている。

いくらなんでも、こんなに書けるわけないじゃない！

美織は作文を書くのが苦手だった。いつも何から書けばいいのかわからないのだ。机の上でほおづえをついて、しばらく真っ白な原稿用紙をながめていた。

とにかく……何か書かないと。

えんぴつをにぎりしめ、美織はＹＡＯ惑星で体験した様々なことをぼんやりと思いだし始めた。

風が運んでくる草のにおい。暑さや寒さ。不思議な岩をふむ感覚。夜空にうかぶ三つの衛星や、グルグルと渦巻く海。恐ろしく巨大な生き物。緑色に輝く龍のようなオーロラに、見たこともない奇妙な植物。おどろくほどおいしい木の実や種の味。高くそびえる山と、火山が噴火した衝撃。信じられないような冒険の数々――それらのすべてが、はっきりと思いだせる。

気がつくと――美織は原稿用紙にすらすらと文章を書き始めていた。ＹＡＯ惑星で体験したことを思いだすたびに、自分でも不思議なくらいたくさんの思いが文字となって出てくるのだ。書いても書いても足りないくらいに、次々と書きたいことがうかんでくる。

私たちが作ったＹＡＯ惑星——とてもユニークで素敵な星。

ＹＡＯ惑星が、いかに素晴らしいか——自分の思いをこめて、ていねいに文章を仕上げていく。こんなに作文を書くのが楽しいと思うのは、初めてだった。こうして昨日のことを書き続けているうちに、美織はふと、黒星先生のことを思いだしていた。

そう言えば、あのとき……先生はどうしてパパのことを知っていたんだろう？

美織はＹＡＯ惑星でたおれたときの、うっすらとした記憶をよびもどす。

黒星先生はパパのことを必死で語ってくれた。まるでパパのことを前から知ってたみたいに……そう思うと、美織は急に黒星先生と話がしたくなった。

今すぐ、先生に確かめてみないと！

美織はえんぴつを置き、サッと席を立つ。

「私……ちょっとトイレに行ってくるね」

岳と由衣にそう言って、美織はコンピューター室を出ていった。


黒星先生、まだスペースレストランにいるかな？

美織はキョロキョロしながらスペースレストランへ向かった。ちょうどそのとき、黒星先生が白衣をひるがえし、プラネタリウムの方へ歩いていくのが見えた。美織は急いで先生の後を追いかける。

「先生！　黒星先生、待って！」

美織は黒星先生のところへ走りよった。

「おや、美織はもう論文が書けたのかい？　もう少ししたら、コンピューター室へもどろうと思っていたところなんだ」

黒星先生が言うと、美織は先生の白衣をギュッとつかんだ。

「ねぇ、先生……。あのとき――私がたおれた……あのとき、どうしてパパのことを知ってたの？　私、パパのこと……くわしく先生に話したことないのに……先生はパパが亡くなったことを知ってた。どうして？」

美織は黒星先生の顔をじっと見つめていた。黒星先生の青い瞳が、メガネの奥からおどろいた表情を見せる。一瞬沈黙が続いたのち、先生はやさしくほほえみ、ゆっくりと口を開いた。

「僕も……あの病院に入院していたんだ。たった三日間だけだったけど……大部屋で君のお父さんのとなりに入院していたことがあるんだよ」

黒星先生の意外な告白に、美織はとてもおどろいた。

「えっ……？　先生も？　どこか悪かったの？　もしかして先生も……大変な病気なの？」

美織は心配そうに問いかける。すると、黒星先生が笑いだした。

「いやいや、それはない！　そんな心配はしなくても大丈夫だ。僕のは、ただの骨折だよ。整形外科の患者さんがいっぱいでね。ベッドの空きがなくて、三日間だけ内科の病棟にいたんだ。そのときに、君のお父さんのとなりになったってわけだよ」

黒星先生の話を聞いて、美織は少しホッとした。

「骨折って、何があったの？　事故にあったとか？」

「まぁ、事故と言えば事故だがね……雪山で、ちょっとカッコイイところを見せようと思ってスノーボードでジャンプしたら、着地を失敗して転んだというわけさ。ハハハハハ……」

黒星先生が、きれいなお姉さんたちの前ではりきっている姿が目にうかんだ。美織はまじめに先生のことを心配して、少し損をした気分だった。

でも、黒星先生らしい……そう思うと、ちょっぴり笑いがこみあげてきた。

「じゃあ、先生はパパと話をしたことがあるの？」

「もちろんさ。宇宙好きの――君のお父さんとは、すぐに仲良くなってね。僕にも素晴らしい宇宙の話をたくさん聞かせてくれたんだ。そのときに、君のお父さんは、娘さんの話をとてもうれしそうにしていたよ。美織っていう名前は、『美しい織姫』という意味をこめてつけたんだって教えてくれた」

「私の名前が……織姫？」

「そうだよ。君の名前は、織姫星として有名な――こと座の『ベガ』を表しているんだって。お父さんにとって君は、もっとも輝いている一等星なんだって――そう言って笑ってた。名字が、『あまのがわ』と書いて『天川』で、名前が『美織』……天川美織――その子は、パパみたいな天文学者になりたいと言っている。君が、天川さんの娘さんだって、すぐに気がついた。なんのうたがいもなく、そう思ったんだ」

黒星先生の話を聞いて、美織は目を見開いた。

先生は最初から、私がパパの娘だって気がついていたんだ……。

美織はだまったまま、じっと黒星先生の話に耳をかたむけていた。

「僕が退院してしばらくした後、僕は天川さんのお見舞いに行こうと思って病院をおとずれた。そのときにはすでに、天川さんは亡くなっていたんだ。とてもショックだったよ。でも今は……偶然にも、こうして美織に出会うことができた。いっしょにとても楽しい時間を過ごすことができて、僕にとっても素敵な思い出になったよ。もしかしたら……君のお父さんが、僕たちを引き合わせてくれたのかもしれないね」

黒星先生は、美織の頭をそっとなでた。先生のやさしさが伝わってきて、美織の目からポロポロと涙がこぼれていた。そのまま、美織は黒星先生の白衣にもたれかかって泣いていた。

がんばれ――美織――。

パパがそう言ってくれているような気がした。


夕方になり、無事に仕上がった論文とメディアを宇宙科学館に提出すると、美織たちは本館のロビーに集合した。提出した自由研究はコピーをもらっているため、それを夏休みの宿題として学校へ持っていくことができる。今年は早くも大きな宿題が終わり、美織たちはホッと胸をなでおろしていた。そこへ、河口館長がマイクを持って現れた。

「えー、みなさん。おつかれさまでした。スペース合宿は、いかがでしたか？　とても楽しく自由研究を行うことができたでしょうか？　どのグループも、本当によくがんばりましたね。本日、無事にみなさんの素晴らしい自由研究をお預かりしました。この自由研究は、宇宙科学館で大切に読ませていただき、とても優秀な研究には、素敵な賞を用意しています。みなさん、結果を楽しみに待っていてくださいね。結果は後日、お家に郵送します。それでは……あっという間の一週間でしたが、これにて第三十回スペース合宿を終了いたします。くれぐれも気をつけて、家へ帰るようにしてください。どうもありがとうございました」

拍手喝采とともに河口館長が深々と頭を下げた。他のグループの子たちが荷物を持って、続々と出口へ向かっていく。

美織は由衣と連絡先を交換し、荷物を持って立ち上がる。そのまま二人は、黒星先生のところへ最後のあいさつをしに向かった。すでに岳は黒星先生のそばで、なごりおしそうにしゃべっている。

「先生、本当にありがとうございました。ホントに……一生忘れられないくらい――すごく楽しい思い出になりました」

由衣がおじぎすると、美織と岳も軽く頭を下げた。

「僕も楽しかったよ。またいつでも、宇宙科学館に遊びにくればいいさ。そのときには、僕はもっとりっぱな先生になっているだろうからね！」

黒星先生は自信満々な顔をする。

「うん、俺……絶対にまた先生に会いに来る！　そしたら、今度はもっとすごい冒険に連れていってよ！」

岳が言うと、

「私も！」

「また、みんなといっしょに行きたいです！」

美織と由衣も、力強くうなずいた。

「それなら、二学期もサボらずに勉強をがんばるように！　たくさん知識をつけて、僕の助手になれれば、また素晴らしい冒険に出かけられるかもしれないな。さぁ君たち、そろそろ時間だ。早く出口に向かわないと閉まってしまうぞ」

黒星先生はニカッと笑って、美織たちを出口まで見送ってくれた。

宇宙科学館の外に出ると、何度も何度もふり返り、美織たちは黒星先生に手をふっていた。

先生と別れるのが、こんなにさびしいなんて思ってもいなかった。もう一度ふり返り、美織は黒星先生に向かって手をふった。もじゃもじゃ頭をゆらしながら、黒星先生が笑顔(えがお)で手をふり返してくれた。

スペース合宿に参加できて本当に良かった……美織にとって最高の夏休みとなった。

11　結果発表

二学期が始まって、あわただしい毎日があっという間に過ぎていった。運動会が終わり、秋の遠足から帰ってきたかと思えば、今度は音楽発表会の準備を始めなくてはならない。次から次へと新しい課題をこなし、美織はバタバタとよゆうのない日々を送っていた。夏休みに過ごした――あのスペース合宿の日々が、遠い記憶となっていく。それがなんだか、とてもさびしかった。

やっぱり、あれは夢だったのかもしれない……ＹＡＯ惑星に行ったなんて、よく考えてみれば信じられない。

美織は、そう思い始めていた。

そんなある日、美織が家に帰ると、一通の封筒が届いていた。ポストから半分はみだすほど大きな青い封筒だった。

「これは、ひょっとして……」

見覚えのある封筒を見つけたとたん、ワクワクする気持ちがよみがえってきた。

宛名を確認すると、『天川 美織様』となっている。差出人は宇宙科学館からだった。封筒を持って急いで玄関を上がり、美織はリビングへ向かった。ランドセルをソファへ放り投げ、青い封筒を開けて中に入っている手紙を読み始める。

天川　美織様

このたびは、スペース合宿にご参加いただき、まことにありがとうございました。

遅くなりましたが、ご提出いただいた自由研究についてのご報告をさせていただきます。

天川さんの参加されたEグループの研究が、みごと『審査員特別賞』を受賞されましたのでお知らせいたします。

Eグループの研究は、とてもユニークでオリジナリティーあふれる研究でした。

ＹＡＯ惑星の魅力を伝える論文もよくできており、ＹＡＯ惑星に対する情熱が伝わってきました。審査員をおどろかせる素敵な研究であると考え、今回の受賞となりました。

まことに、おめでとうございます！

宇宙科学館館長　河口

「やった！　すごい！　Eグループが、審査員特別賞を受賞するなんて！」

美織は飛び上がって喜んだ。大きな封筒をのぞきこむと、中にはりっぱな賞状が入っている。

「ママが見たら、きっとビックリするわ！　そうだ、この賞状はパパの写真の横に飾らなきゃ！」

有頂天になって賞状を取りだし、美織はそれを持ったままクルクルと踊りだした。すると床の上に、はらりと小さな封筒が落ちてきた。どうやら、賞状の裏にくっついていたらしい。その小さな封筒は、黒地に白の水玉模様だった。

「なんだろう？　これ……この模様……どこかで見たような……」

美織は小さな封筒をひろって中身を確認した。そこには一枚の写真が入っていた。

「これは……！」

美織はおどろいて目を見開いた。

その写真には、Ｅグループのメンバー全員が横一列に並んで写っている。背後には高い山がそびえ、その横に淡い黄色の衛星が輝いていた。まぎれもなく――あのとき、ＹＡＯ惑星で撮った写真だった。

「やっぱり、やっぱり私は――本当にＹＡＯ惑星に行ってたんだ！」

ＹＡＯ惑星に行ったという確かな証拠をにぎりしめ、美織はしばらく感動して動けなかった。

黒星先生がこっそり、この写真を入れてくれたんだ……。

美織はもう一度、うれしそうに写真をながめた。よく見ると、黒星先生のくつ下の柄は、黒地に白の水玉模様だった。

「そうか、この模様……先生のくつ下と同じだわ。先生はどうして、この水玉模様が好きなんだろう？」

そう思い、美織は小さな封筒をまじまじとながめた。じっくり観察してみると、白い水玉模様が規則正しく並んでいないことに気がついた。それを見て、急にあるイメージが頭にうかんだ。

「あ！　これって、もしかして……水玉模様じゃなくて星なの？　きっとそうだ！　白い丸は水玉じゃなくて夜空にうかぶ星。白い丸を線でつなげたら、星座になる！　そうか――この柄はきっと、『宇宙』を表しているんだ！」

　思いがけず、黒星先生のくつ下の謎が解けて、美織はひとりで笑いだした。最後の最後まで、美織を笑わせてくれる先生がさらに好きになった。

『宇宙柄』のくつ下をはいた先生――私の目標とする先生。

　美織はとびきり笑顔になって写真をじっと見つめた。写真の中で、Ｅグループのメンバー全員が、ピースをしながらうれしそうに笑っている。

「この写真は……今日から私の大切なお守りにしよう」

　美織は、写真を胸にあてて目をつむった。

　この先、パパの夢の続きを追いかけるために――悩んだとき、辛いとき、迷ったとき、このお守りを見つめながら、自分で自分の道を決めていこう。

『ネバーギブアップ！』――この合言葉を忘れずに、前へ進んでいくんだ！

　黒星先生と――みんなといっしょに……。

　美織はゆっくり目を開けると、今まで感じたことがないくらい晴れ晴れとした気持ちになった。そして大切な写真を、そっと『宇宙柄』の封筒にしまいこむ。その瞬間、『宇宙柄』のお守りは、美織の手のひらでキラキラと輝き始めた。

あとがき

『スペース合宿へようこそ』を最後まで読んでいただき、本当にありがとうございました。

この作品は、私の子ども時代の記憶がヒントとなって出来上がった物語です。

私は小学六年の時に病を抱え、その後長らく療養生活を続けていました。多感な時期を病院で過ごし、様々な病気と向き合う子どもたちに出会う中で、死生観について考えさせられることもありました。今まで当たり前だと思っていた日常がガラリと変わってしまって、これからどうなってしまうのかと不安を感じながら毎日を過ごしていたのです。

そんな入院生活を送っていた頃、両親が私のために持ってきてくれたのが宇宙の雑誌でした。そこにはスティーヴン・ホーキング博士の記事が載っていて、難病を抱えながらも宇宙の研究を続けておられる姿にとても励まされました。この記事がきっかけとなり、宇宙の雑誌を読むようになると、星にも私たちと同じように寿命があること、今見ている星の光は何万光年も離れた場所から届いていることなど、宇宙の不思議に驚くことばかりでした。宇宙はあまりにも壮大で、自分の病気に対する不安や悩みは、とてもちっぽけなことのように感じました。そう感じることで、心がとても軽くなり、「悩んでいる時間がもったいない。そんな時間があるなら、もっといろんなことに目を向けよう」と考えるようになりました。この経験から、いつの日か宇宙の不思議が子どもたちの心を救ってくれるお話を書きたい――そう思っていました。

物語の主人公――美織は、父を亡くしたことでトラウマを抱えています。この物語には、美織が父の死を乗りこえるというテーマがありますが、このテーマをなるべくコミカルに描きたいと考えました。そこで、黒星先生という楽しいキャラクターを登場させ、不思議な世界でワクワクできるようなストーリーを目指しました。物語の舞台をイメージするために科学センターへ取材に行くと、展示場や実験室から、黒星先生が本当に現れてきそうな気がしました。プラネタリウムへ足を踏み入れれば、もしかするとＹＡＯ惑星に行けるかもしれません。こんな風に想像を膨らませながら、美織たちと一緒に不思議な冒険を楽しんでいただけたら本当に嬉しいです。

この物語を作るにあたって、素晴らしい挿絵を描いてくださった末崎茂樹先生、取材に協力してくださった科学センターの皆様、いつも私を支えてくれる家族や応援してくださる方々に、この場をお借りして心よりお礼を申し上げます。本当にありがとうございました。

これからも感謝の気持ちを忘れずに、創作活動を続けていきたいと思います。

山田亜友美

山田亜友美（やまだ・あゆみ）　作家
京都市在住。インターナショナルアカデミー絵本教室にて絵本創作を学んだのち、絵本と人形製作を続けている。作品に、『くるみのもりのチューさん』『チューさんのスノーレース』（ひさかたチャイルド）、『チューさんのピクニック』『ミラーカー』『スカイボート』『ぼくのたび』（チャイルド本社）、『フェーマスしんぶん　あしあとじけん』『フェーマスしんぶん　きいろじけん』『フェーマスしんぶん　おばけじけん』（ひかりのくに）がある。

末崎茂樹（すえざき・しげき）　画家
大阪府在住。挿絵の仕事に『ありがとう、諏訪子さん』（佼成出版社）、『おしゃべりネズミのてがみ』（ひくまの出版）、『小さなつめたい手』（新日本出版社）、『ぼくの一輪車は雲の上』『カモメがおそう島』『ぼくのマルコは大リーガー』（文研出版）など、絵本の仕事に「おべんとうなあに？」（偕成社）、「くすのきだんち」シリーズ（ひかりのくに）、「わんぱくだん」シリーズ、「やまねこせんせい」シリーズ（ひさかたチャイルド）、「とん こと とん」（フレーベル館）などがある。

〈文研じゅべにーる〉　2018年８月30日　第１刷
スペース合宿へようこそ
作　者　山田亜友美　ISBN978-4-580-82352-5
画　家　末崎茂樹　NDC 913　A５判　176P　22cm

発行者　佐藤徹哉
発行所　文研出版　〒113-0023　東京都文京区向丘２－３－10　☎(03)3814-6277
〒543-0052　大阪市天王寺区大道４－３－25　☎(06)6779-1531
http://www.shinko-keirin.co.jp/
印刷所・製本所　株式会社太洋社